넘치지 않게, 부족하지 않게,

살아 있는 이 순간을 기쁘게 맞이하세요.

<u>   </u> 님에게

인간적인, 너무나 인간적인
한 수행자의 출가와 구도의 기록

그대에게 가는
오직
―
한길

· 제민 지음 ·

마음
서재

책을
내며

아침저녁으로 낙조대에서 강화 바다의 일출과 일몰을 바라보
며 은사 스님의 말씀을 떠올립니다.

"생은 백 년도 안 되지만 성불은 영원하다."

이 가르침을 듣고 영원한 삶을 얻기 위해 출가했지만, 성불은
커녕 그 근처에도 닿지 못하고 있습니다. 곱씹어보면 그 시간들
이 지금 참회의 순간들로 되돌아오곤 합니다.

출가하고 난 뒤 수행자로 살아온 지난 시간을 돌아보며 한 권
의 책을 펴냅니다. 일생에 제가 가장 잘한 일은 출가한 것, 그리
고 사람의 힘으로는 할 수 없으리라 여겼던 계룡산 등운암 불사
를 회향한 일입니다. 그 의미들을 되새기면서 출가의 길을 다시
한 번 되짚어보고 싶었습니다.

출가자는 필생 동안 부처님의 마음으로 살아야 합니다. 그렇
지 못하면 출가의 의미가 없습니다. 성불하기 위해선 머무는 자
리마다 마음의 주인이 되어야 하는데, 아직도 저는 주인이 되지

못했습니다. '수처작주隨處作主'하지 못하는 사람이 어찌 중생을 제도하고 성불할 수 있겠습니까만, 그럴수록 온전한 나를 찾기 위해 더 멀고 먼 고행의 길을 저는 걸어가야만 합니다.

지금까지 걸어온 수행자의 길을 저는 단 한 번도 후회한 적이 없으며, 고행일지라도 기꺼이 감내하면서 부처님에게로 가는 오직 한길을 기쁘게 걷고자 합니다. 난생처음 펴내는 부끄러운 이 책이 불자들과 출가자들의 수행에 조금이라도 도움이 된다면 그것으로 만족하겠습니다.

2018년 8월
적석사 선당禪堂에서
제민 합장

차례

2부 그대에게 가는 오직 한길 _만수산 무량사에서

3부 하늘 아래 가장 소중한 당신 _마음의 경계에서

4부 사랑의 느낌으로 살다 _낙조대 적석사에서

나를 찾아가는 여행을 시작하려고 합니다.

나란 도대체 누구일까요?

부모님이 지어주신 내 이름.

그것이 나일까요?

누군가 나를 부를 때,

그쪽으로 고개 돌리는 내가 진짜 나일까요?

그것은 많은 사람들 가운데 나라는 사람을

구별하기 위한 이름일 뿐입니다.

그러므로 그 이름이 나일 수는 없습니다.

그러면, 나라는 존재는 도대체 무엇일까요?

가만히 눈을 감고 생각해보세요.

나는 누구인가?

나는 왜 이 세상에 존재하는가?

우리는 모두 자신의 의지로

이 세상에 태어나지 않았습니다.

어느 날 눈을 떠보니 이 세상에 있는 것이고,

다만 부모님으로부터 생겨났다는 것만을 알 뿐입니다.

그래서 나는 누구이며,

어떤 이유로 이 세상에 왔는가를 모른 채로 살아갑니다.

의학적으로 보면

나라는 존재는 오장육부를 가진 유기체입니다.

불교적으로 보면

눈, 귀, 코, 입, 몸, 생각으로 이루어진 존재입니다.

이 여섯 가지를 일러 불교에서는 육근六根이라 합니다.

그리고 여기에 육근을 움직이는 마음이 있습니다.

그러니까 나는 몸과 마음으로 이루어진 존재입니다.

하지만 이것은 물질적 존재로만 생각하는 것일 뿐,

진정한 나는 아닙니다.

그러면, 진짜 나는 누구일까요?

불교에서는 진정한 나를 찾기 위한 수행을 합니다.

진정한 나를 가리켜 '참나'라고 하지요.

모든 물질은 더는

쪼갤 수 없는 원자로 이루어집니다.

여기, 금이 있습니다.

금이라는 물질로 금반지, 금팔찌, 금수저 등

수많은 물건을 만들 수 있지만 그것들을

녹이더라도 원자는 절대로 사라지지 않습니다.

그와 마찬가지로 나라는 존재도
본질적인 원자를 가지고 있다는 겁니다.
부모님으로부터 몸을 받기 그 이전의
나는 누구인가를 찾아가는 것이 바로
'참나'를 찾는 수행입니다.

'참나'를 찾아가는 길은 쉽지 않은 여정입니다.
그러나 이만큼 쉬운 수행법도 없습니다.
왜냐하면, 세상을 있는 그대로 바라볼 줄 아는
진실한 눈을 가지고 있으면 되기 때문입니다.
다시 말해 모든 것을 참되게 바라보라는 뜻입니다.
참된 것에는 거짓과 탐욕,
시기와 질투가 존재하지 않습니다.

그러므로 '참나'를 만나는 것은 어려운 일이 아닙니다.
이 세상을 착하고 진실하게 살아가는 것,
그것이 바로 '참나'를 만나는 길이기 때문입니다.

이제 저와 함께
'참나'를 만나러 떠나보실까요?

| 1부 |

구름 위의
암자 이야기

계룡산 등운암에서

등운암의 새벽

한겨울 새벽예불을 하려고 방문을 열었습니다. 달빛 서린 나뭇잎들이 아직도 가지를 붙들고 있고, 계룡산 먼 끝자락에서 불어오는 바람이 무척이나 세찹니다.

1월이 되면 암자에는 늘 지독한 추위가 닥칩니다. 깊은 산중에서 겨울을 보낸다는 건 외로움과의 싸움이지만, 출가 수행자에게는 고독을 견디는 일도 공부입니다.

손전등을 켜고 법당으로 향합니다. 컴컴한 새벽에 어둠 속을 걷다가 서리 내린 풀잎에 미끄러진 적이 많았지요. 한번은 다리를 다쳐 꼼짝 못 하고 있을 때, 은사 스님이 병문안을 와서 말씀하셨습니다.

"살다가 가끔씩 넘어지는 게 인생이다."

그 말씀을 들을 때면 마음이 저리도록 아파옵니다. 젊은 날 사업을 한답시고 회사를 호기롭게 그만두고 베트남으로 떠났을 때, 제 인생은 마냥 장밋빛이었습니다. 하지만 쓰디쓴 실패를 맛보고 돌아왔을 때는 오직 눈물과 절망뿐이었지요. 만약 그런 아픔을 겪지 않았다면 신새벽에 홀로 깨어서 계룡산의 청아한 바람을 느끼는 호사도 누릴 수 없었을 테지요.

댕— 댕— 댕—.

범종이 새벽 고요를 흔들어 깨웁니다. 천지간을 뒤흔드는 이 소리는 마음을 어지럽히는 번뇌와 망상을 깨뜨리는 소리입니다. 어리석은 마음을 돌아보게 하는 묵직한 울림입니다.

새벽예불은 하루의 시작을 부처님께 고하는 거룩한 시간입니다. 행자 시절에는 온갖 궂은일을 하느라 고단해서 새벽예불에 빠지는 일이 종종 있었지요. 그러나 승가생활에 익숙해진 뒤로는 한 번도 빠뜨리지 않았습니다. 출가자에게 새벽예불은 부처님과의 약속이며 수행의 시작이기에 게을리할 수 없는 일입니다.

예불과 기도를 마치고 법당을 나오자 먼 산이 희미하게 시야에 들어옵니다. 그 광경을 보고 있자니 문득 중국 송나라 때 야보 스님의 시가 떠오릅니다.

이슥한 오두막의 밤 홀로 앉아 있으니
적적하고 고요한 본래의 자연인데
무슨 일로 서쪽에서 바람은 숲을 흔드는가.
외기러기 먼 하늘에 울고 간다.

지난 세월을 돌아보면 등운암에서 보낸 사계四季는 늘 행복으로 충만했습니다. 삶이란 어차피 외로움을 견디는 일이며, 기도는 나를 이기는 수행이지요. 야보 스님의 시 구절처럼 외기러기가 되어 먼 산을 바라봅니다.

홀로 산다는 것은

이른 아침 등운암의 진돗개 멍구가 사고를 쳤습니다. 마을 사람들이 놓은 덫에 걸려 죽은 꿩을 마당에 물어놓았지 뭡니까. 몸통을 얼마나 물고 흔들었는지 머리가 떨어져 나갔는데 얼른 수습해서 산에 고이 묻어주었지요.

멍구는 낮엔 한없이 순하다가도 밤이 되면 부스럭거리는 소리만 들려도 맹수로 돌변합니다. 매우 충직하지만 어떤 때는 고요를 깨는 개 짖는 소리가 미워질 때도 있지요. 깊은 산중에선 개나 사람이나 적적하긴 매한가지인가 봅니다.

석가모니 부처님께서는 모든 중생이 불성佛性을 가졌다고 하셨는데, 멍구도 성불의 씨앗을 가지고 있는지 모릅니다. 그래서 저는 멍구를 보살이라고 부르지요. 요놈은 주인과 객을 구별하는 데 선수입니다. 수십 미터 밖에서 주인 발소리만 들려도 반가워서 먼저 꼬리를 흔드는 게 사람보다 낫습니다. 이렇듯 사랑을 주면 아낌없이 따르는 게 짐승입니다.

등운암의 사무장으로 있던 처사가 집안 사정으로 갑자기 일을 그만두었습니다. 2년 동안 벗 삼아 지내던 이였는데 위독하신 어머니를 보살펴야 한다며 급히 산을 내려갔지요. 산중에서 나와 함께 지내준 것만도 고마워 얼마간의 여비와 두 달 치 월급을 챙겨주고 시간이 나면 언제든지 찾아오라고 했지만, 산을 내려가는 그의 발걸음은 무척 힘겨워 보였습니다.

새로운 사무장을 구한다고 한 달간 방부를 내었는데 찾아오는 사람이 없습니다. 하긴, 전기도 들어오지 않는 이 깊은 산중에 누가 오려고 할까요. 인생의 쓴맛 단맛을 다 맛본 사람이나, 은퇴하고 산속에서 여생을 보내고 싶다고 찾아오는 사람이 더러 있지만, 절간의 일이란 게 만만찮아서 채 1년을 버티지 못하고 나가기 일쑤였지요. 그래도 이번 사무장은 2년을 용케 버텨왔는데 결국 그 또한 떠나고 말았습니다. 이렇듯 삶이란 마음먹은 대로 되지 않을 때가 더 많습니다.

홀로 세상을 산다는 건 무슨 의미일까요? 사람은 가끔 그런 삶을 살 필요가 있다는 생각이 듭니다. 마치 무인도에 버려진 것처럼 철저하게 나를 홀로 두는 삶. 적어도 1년에 일주일쯤은 그런 삶을 살아보는 것도 좋지 않을까요?

그러나 직장에 매여 사는 사람들에겐 그 또한 사치일지 모릅니다. 그런 측면에서 보면 출가의 삶도 좋다고 스스로 위안을 삼기도 합니다. 외로움과 적막도 익숙해지면 외려 그것이 더욱 깊어져 나를 위로할 수 있기 때문입니다.

암자의 주지 소임을 맡고부터 이런 고요가 무척 좋아졌습니다. 어차피 수행자란 고독한 환경에 자기 몸을 맞추고 살아야 하는 사람이니까요.

어제는 닥쳐올 겨울을 대비하느라 매우 바빴습니다. 비어 있는 요사채도 손을 봐야 합니다. 계룡산을 찾았다가 길을 잃었거나 미처 하산하지 못한 사람들이 하룻밤 쉬어갈 수 있도록 요사를 비워두고 있습니다. 올겨울엔 또 어떤 분들이 등운암을 찾아오실까 기대하며 홀로 겨울 채비를 하는 것도 나름 설레는 일입니다.

삼보일배로 시작한 불사

　등운암은 계룡산의 연천봉 맨 꼭대기에 있는 작은 암자입니다. 신라시대 때 불국사로 출가한 부설 거사의 아들 등운이 창건한 곳으로 유서 깊고 자연경관이 수려한 곳이지요.

　그러나 세월의 무상함 속에 법당은 퇴락하여 제가 주지로 왔을 땐 겨우 그 흔적만 남아 있었습니다. 건물이라고는 양철지붕을 얹은 법당 하나가 전부였지요. 주변에는 무속인들이 기도하며 켜놓은 양초에 큰 바위들이 그을려 마치 무당집을 방불케 했지요.

　쇄락한 암자를 둘러보고서야 저는 벽암 큰스님이 저에게 등운암 주지 소임을 맡긴 까닭을 알았습니다. 등운암을 수행처로 삼아 불사를 일으켜보라는 깊은 뜻이 있었던 겁니다. 저는 입술을 깨물고 마음속으로 다짐했습니다.

'그래, 등운암 불사를 한번 이루어보자.'

그리고 무량중생의 영원한 귀의처가 될 등운암의 중창불사를 발원하는 삼보일배를 결심했지요.

며칠 후, 신도들과 함께 계룡산 중턱 보광원에서부터 등운암까지 삼보일배 정진을 시작했습니다. 약 2킬로미터에 이르는 산길을 올라야 하는 이 삼보일배 정진은 등운암 불사를 모두 마칠 때까지 한 달에 한 차례씩 계속되었습니다.

온몸은 땀에 젖고 두 무릎은 까져서 승복 바지에 피가 밸 정도로 힘든 여정이었지만 등운암 중창불사를 염원하는 마음은 참으로 간절했습니다. 가파른 산길을 따라 땀을 뻘뻘 흘리면서 까마득한 등운암을 향해 한 걸음 한 걸음 나아가는 저를 보며 신도들이 안쓰러워했지요.

"스님, 좀 쉬었다 하세요."

바위에 앉아 휴식을 취하자 신선한 공기가 옷자락 속으로 파고들었습니다. 그렇게 새벽 4시에 시작한 기도는 저녁 무렵이 되어서야 비로소 끝났지요. 돌아보면 기도의 순간만큼은 참 행복했던 것 같습니다.

삼보일배는 일보에 부처님께 귀의하고, 이보에 부처님의 가르침에 귀의하고, 삼보에 스님들께 귀의한다는 뜻이 담겨 있지요. 뿐만 아니라 일보에는 이기심과 탐욕을 멸하고, 이보에는 속세에 더럽혀진 진심塵心을 멸하고, 삼보에는 치심恥心을 멸한다는 뜻도 있습니다. 이러한 삼보일배는 불교의 오래된 수행법입니다. 세 걸음 걷고 한 번 절하면서 자신이 지은 업을 뉘우치고 깨달음을 얻어 모든 생명을 돕겠다고 서원하는 겁니다.

단순히 세 걸음 걷고 한 번 절하는 것만을 가지고 참된 삼보일배라고 할 수는 없습니다. 마음을 일으키면 곧바로 실천에 옮길 때 참된 수행이라 할 수 있으며, 이를 통해서 깨달음을 얻을 수 있기 때문이지요. 만약 여기에서 조금이라도 벗어난다면 헛된 깨달음에 지나지 않습니다.

삼보일배 정진을 마친 뒤 불사는 일사천리로 진행되었습니다. 저의 기도정진을 지켜본 많은 신도가 동참해준 덕분이었지요. 이 기도로 인해 등운암은 점점 현대식 법당으로 모양을 갖춰가게 되었습니다.

무속인들의 출입을 막았기 때문인지 어느 날은 꿈속에 산신령이 나타났습니다. 저는 산신령에게 부탁했습니다. 암자를 수행 도량으로 만들기 위해 불사를 하고 있으니 3년만 참아달라고 말입니다. 혼몽 속에서 깨어났지만 참 이상한 일이었지요.

한번은 참선수행 중에 억만 부처님을 친견한 적도 있습니다. 수많은 부처님이 인도의 왕사성 영축산으로 보살들의 비호를 받으며 내려오는 장엄한 모습이었지요. 하지만 이것도 결국 제 마음이 지어낸 것일 테지요.

도를 이루려면 사람의 마음을 동요시키는 팔풍八風에서 벗어나라는 말이 있습니다. 팔풍이란 '이利, 쇠衰, 훼毁, 예譽, 칭稱, 기譏, 고苦, 낙樂'을 말합니다. 이것은 각각 이익, 실의, 중상, 명예, 칭찬, 비난, 괴로움, 즐거움을 가리킵니다. 마음이 이 여덟 가지에 따라 부처도 되고 악마도 된다고 합니다. 결국 부처가 되는 길은 마음을 어떻게 쓰느냐에 달렸다는 것을 보여줍니다.

뉴질랜드인의 보시

　등운암으로 가려면 가파른 산길을 족히 1시간 30분은 걸어 올라가야 합니다. 눈이 많이 내리는 겨울에는 평소보다 시간이 두 배 넘게 걸리지요. 덕분에 저는 4년 동안 등운암을 오르내리며 체력도 좋아졌습니다.

　돌이켜보면, 출가하여 사미가 된 지 2년 만에 암자의 주지 소임을 맡은 것은 한마디로 행운이었습니다. 주지 소임을 맡기기 전, 벽암 큰스님은 저를 불러놓고 이렇게 말씀하셨지요.

　"제민아, 등운암에 가서 사는 게 어떻겠냐?"

　"겨우 사미에 불과한 저에게 그런 중한 일을 맡기십니까?"

　말은 그렇게 했지만 내심 저를 인정해주시는 큰스님이 무척 고마웠지요.

"절 살림을 꾸리는 일이 만만치 않을 테지만, 너를 보니 능히 해낼 것 같구나. 준비되는 대로 속히 가거라."

귀를 의심하게 만드는 말씀이었습니다. 아무리 작은 암자라고 하더라도 사미의 꼬리표도 떼지 않은 저에게 주지 소임을 맡기는 건 엄청난 일이었던 겁니다. 어쩌면 조용히 정진할 수 있는 장소와 시간을 갈구하던 제 마음을 큰스님이 헤아리셨는지도 모릅니다.

그렇게 등운암으로 올라갔지만, 살림살이가 어려워서 일을 도와줄 사람을 따로 둘 형편이 아니었습니다. 제 손으로 먹거리를 가꾸고 거두며 살림을 꾸려야 했지요.

어느 날은 아침부터 바람이 심하게 불어 텃밭에 심어둔 무며 배추 따위를 모조리 쓸어놓고 말았습니다. 울력으로 먹거리를 해결하려 했던지라 억장이 무너져 내리는 듯한 심정이었습니다. 등운암의 날씨는 텃밭 농사조차 허락하지 않을 만큼 험악했지요.

그러나 무엇보다도 바람만 불어도 날아갈 것 같은 양철지붕 법당을 손보는 일이 급선무였습니다. 이 난관을 헤쳐 갈 방법이 무엇인가? 아무리 생각해도 오직 기도뿐이라는 결론에 이르렀습니다. 그날로 저는 4년에 걸친 전각불사 계획을 세우고 삼칠일 묵언기도에 들어갔습니다.

묵언기도의 마지막 날 밤, 누군가 적막을 깨뜨리며 방문을 꽝 꽝 두드렸습니다. 양철지붕에서 쇳소리가 날 정도로 그는 다급 했습니다.

그때가 밤 11시쯤이었는데 묵언수행이 물거품이 될까 봐 문 을 열어주기가 망설여졌습니다. 하지만 그런 사정을 알 리 없는 객은 막무가내로 문을 두드렸지요. 결국 무슨 사정인가 싶어 문 을 열었습니다. 세찬 바람이 열린 문틈으로 사정없이 몰아쳤습 니다.

"헬로우."

인사를 건네는 객을 보고 저는 소리를 지를 뻔했습니다. 그는 벽안의 외국인이었던 겁니다. 한국말을 못하는 그는 '템플'과 '호 텔'이라는 말을 반복했지만 묵언수행 중인 저는 한마디도 대꾸 할 수 없었습니다. 영어로 애타게 사정을 설명하는 객의 눈썹에 하얀 서리가 앉아 있었지요. 손짓을 해서 그를 방 안으로 안내했 습니다. 한마디도 하지 않는 제가 그의 눈에는 벙어리로 보였을 지도 모릅니다.

그에게 '지금 나는 묵언수행 중이다'라는 말을 전달해야 하는 데 갑자기 영어 단어가 생각나지 않았습니다. 어떻게 설명해야 할까? 묵언수행 마지막 날 들이닥친 이 이상한 상황에서 벗어날

궁리를 했지요. 결국 출가 전 베트남에서 사업을 할 때 배운 짧은 영어로 필담을 시도했습니다.

"Where are you from?(어디서 오셨나요?)"

"From New Zealand.(뉴질랜드에서요.)"

그의 손에는 대전과 계룡산 일대의 지도가 쥐어져 있었는데 등운암이 빨갛게 표시되어 있었지요. 등운암을 찾아오려다 길을 잃고 헤매는 바람에 이제야 왔다는 겁니다. 손짓 발짓으로 그에게 잠자리를 마련해주고 나서야 그날 밤의 소동은 끝이 났습니다. 저도 마지막 관문을 통과하여 묵언수행을 무사히 마칠 수 있었지요.

이렇듯 묵언수행에 들어가면 꼭 한 번은 위기가 찾아온다고 합니다. 이를 어떻게 잘 넘기는가가 관건이지요. 입이 있는 사람이 21일 동안 단 한마디도 하지 않는다는 건 참 고역입니다. 그래서 승가의 수행 중 힘든 일로 꼽히는 것이 묵언수행이지요. 무심결에 한마디만 내뱉어도 도로아미타불이 되고 마니까요.

묵언수행과 관련하여 전강 스님의 일화가 유명합니다.

6·25전쟁 당시 전강 스님이 묵언수행을 하고 있는데 절에 들어온 북한군이 총부리를 겨누고 스님에게 먹을 것을 요구했습니다. 하지만 스님은 단 한마디도 하지 않았고, 결국 미친놈 취

급을 받고 위기를 모면했다고 합니다. 총구가 머리를 겨누어도 끝내 동요하지 않은 전강 스님의 굳건한 의지를 보여주는 일화입니다.

한밤중에 찾아왔던 뉴질랜드 손님과는 그다음 날 아침 차담을 나누면서 간밤의 오해를 풀었습니다. 그가 떠난 뒤 법당 불전함에는 20달러짜리 지폐 한 장이 들어 있었지요. 지금도 잊을 수 없는 귀한 보시였습니다.

너를 위해 기도하겠다

　5년 만이었습니다. 베트남에서 돌아온 후 가족들과 연락을 끊고 살다가 신원사로 출가하고 5년 만에 어머니에게 전화를 걸었습니다. 자식의 생사조차 알 길 없었던 어머니에겐 불효막심한 아들이었지요. 그런데 어머니의 첫마디가 너무도 뜻밖이었습니다.

　"그래, 잘 지냈니? 소식이 끊긴 후 이 어미는 너를 가슴에 묻고 살았다. 매일 너를 위해 기도했단다. 살아 있으니 다행이다."

　승복을 입고 고향으로 내려갔습니다. 발걸음은 무거웠지만 마음은 홀가분했습니다. 승복을 입은 저의 모습을 보고 어머니와 형제들은 하염없이 눈물을 흘렸습니다. 저도 눈시울이 젖어드는 걸 어쩔 수 없었지요.

"네 친구를 통해 소식을 들었다. 한 번 찾아갈까 하다가 젊은 놈이 오죽 괴로웠으면 어미를 찾지 않을까 싶어 달려가지는 않았다."

어머니의 두 손을 부여잡고 아무 말도 할 수 없었습니다. 가슴속에 쌓인 말들을 쏟아낸들 지난날의 상처를 헤집어놓을 뿐이었습니다.

"불가에 귀의한 몸이니 어머니를 위해 열심히 기도하겠습니다."

할 말은 그뿐이었습니다. 백 마디를 한들 어머니의 가슴에 대못을 쾅쾅 박을 뿐이라는 사실을 잘 알고 있었기 때문입니다.

"그래, 지낼 만하면 그것으로 됐다. 난 불교를 믿지 않지만 너를 위해 기도하겠다."

이 세상의 모든 어머니가 다 그랬을 겁니다. 자식을 위해서라면 불구덩이도 마다하지 않는 것이 어머니의 마음 아닐까요? 형제들은 이미 체념을 했고, 아버지는 아예 한마디도 하지 않았습니다.

신원사로 돌아온 후 한동안 어머니 생각에 수행과 기도가 제대로 되지 않았습니다. 이 길이 진짜 나의 길인가 곰곰이 생각했습니다. 이른 새벽에 예불을 드리고, 11시가 되면 사시공양을 올리고, 오후에는 다른 일과를 하면서 삶은 그렇게 바쁘게 흘러갔습니다. 그리고 몇 년이 지난 후, 뜻밖에 계룡산 등운암 주지 소임을 맡게 된 겁니다.

등운암은 부설 거사의 아들인 등운이 창건한 암자입니다. 부설 거사는 어려서 출가하여 불국사에서 득도했는데, 도반들과 함께 오대산으로 가던 길에 날이 저물자 전북 김제의 구무원仇無怨이라는 사람 집에서 하룻밤 신세를 지게 되었습니다. 그 집에는 묘화라는 이름의 벙어리 딸이 있었습니다. 묘화는 부설에게 반하여 그와 혼인하지 못하면 그 자리에서 죽어버리겠다고 했습니다. 부설이 생각 끝에 말을 이었습니다.

"도반님들은 먼저 가세요. 출가의 목적은 중생제도를 위함인데, 나와 혼인하지 않으면 죽겠다는 여인을 두고 차마 떠날 수가 없습니다."

부설이 혼인을 하겠다고 말하는 그 순간 묘화의 말문이 툭 트였습니다. 그렇게 파계를 하게 된 부설은 가족을 부양하면서 열심히 불도를 닦았습니다. 훗날 도반들이 찾아왔을 때 묘화 부인도 함께 도를 이루는 것을 보고 두 스님은 많은 것을 느꼈다고 합니다.

부설 거사와 묘화 부인 사이에서 난 아들 등운은 계룡산 등운암에서 수도했고, 그의 딸 월명은 변산 월명암에 출가하여 도를 이루었다고 전해집니다.

　주지로 부임했을 당시 등운암은 장구한 역사에도 불구하고 퇴락한 암자의 모습이었습니다. 어디서부터 손을 대야 할지 엄두가 나지 않았습니다. 워낙 험난한 곳이라 자재를 옮기려면 헬기를 동원해야 할 정도였습니다. 불사를 하는 데 드는 비용도 만만치 않았습니다.

　등운암 불사를 결심하고 신도들에게 삼칠일 동안 묵언수행을 하겠다고 선언했습니다. 신도들이 두 눈을 동그랗게 뜨고 반문했습니다.

　"스님, 묵언수행이라니요?"

　"불사를 하기 전에 제가 먼저 정진을 해야겠습니다."

　예전에 계룡산을 오르며 봐둔 장소가 있었습니다. 한여름 저녁, 쌀 두 말을 짊어지고 기도할 장소로 올라갔습니다. 기도처로 생각해둔 곳에 자리에 깔고 묵언수행에 들어갔습니다. 보이는 건 별빛이요, 들리는 건 풀벌레 소리뿐입니다. 자리에 눕지 않고 좌선한 채로 3주일을 견딘다는 것은 1만 배 절을 하는 것만큼이나 힘든 수행이었습니다.

　묵언 참선만큼 수승한 수행은 없다는 것을 저는 그때 알았습니다. 불사를 무사히 마칠 수 있기를 바라는 저의 기도는 간절했

습니다. 등운암 주지가 묵언수행을 한다는 이야기를 듣고 감동
받은 신도들이 불사금 보시에 동참했습니다.

　얼마 후 험난한 불사가 시작되었습니다. 등운암 불사를 위해
헬기로 자재를 실어 나른 횟수만 무려 6,740회입니다. 그동안
든 비용은 말할 것도 없습니다. 평지에서 간단하게 증축하고도
남을 건축비가 20배는 더 소요되는 대장정이었습니다. 아무리
힘들어도 중도에 절대 포기할 수 없는 일이었습니다.

살면서 남을 원망하는 것만큼

부질없는 일도 없습니다.

궁극적으로 행복과 불행은

내가 만드는 것입니다.

내가 바로 내 인생의 주인공이기 때문입니다.

———

남이 나에게 잘해주기만을 기다리지 말고

먼저 남에게 다가가 친절을 베푸세요.

그래야만 내 마음이 행복해질 수 있습니다.

내가 베푼 호의는 언젠가 공덕으로 돌아옵니다.

남보다 능력이 없다고 생각하나요?

남보다 못생겼다고 생각하나요?

혹시 스스로 콤플렉스를 만들고 있지는 않나요?

당신은 충분히 능력 있고 아름다운 사람입니다.

나는 항상 능력 있고, 아름답다고 생각하세요.

그러면 어느 날 변화된 자신을 만날 수 있습니다.

——

웃을 일이 생길 때까지 기다리지 말고

먼저 웃다 보면 웃을 일이 생깁니다.

먼저 미소를 짓다 보면

주위에도 미소가 번집니다.

화는 참으면 병이 되고

터뜨리면 미움이 되고 업이 됩니다.

그러나 화를 그저 관찰하면 이내 사라집니다.

화를 참아서 병을 만들고자 하나요?

아니면 터뜨려서

돌이킬 수 없는 업을 지을 건가요?

———

화를 내는 것은

독주毒酒를 마시는 것과 같다.

얼굴이 붉어져 갖가지 추한 모습을 보이고,

몸과 마음은 두근거리며,

남을 비방하고 괴롭힌다.

《육바라밀경》

대부분의 사람들은

현재에 대한 애착,

과거에 대한 회한,

미래에 대한 불안감을 안고 살아갑니다.

하지만 중요한 것은

바로 지금 이 순간입니다.

이것을 자각해야만

후회와 불안을 떨칠 수 있습니다.

산승의 공부

깊어가는 겨울 밤, 산중 암자에서 홀로 촛불을 밝히고 《법화경》을 읽습니다. 바람이 창문을 흔들면 적막이 더욱 깊이 파고들어 외로움이 밀려옵니다.

스님도 외로움을 타느냐고 물을지 모르겠는데, 수행자도 깊은 산중에 오래 살다 보면 가끔 사람이 그리워질 때도 있는 법이지요. 하지만 저에게는 소중한 도반이 하나 있습니다. 바로 진돗개 멍구라는 놈입니다. 갓 태어난 새끼 한 마리를 신도가 데리고 왔기에 정성껏 키웠더니 어느새 도반이 되었지요.

멍구가 산토끼나 노루, 고라니 같은 짐승들의 움직임에 잔뜩 예민해서 컹컹 짖어대니 하루도 조용한 날이 없습니다. 방문을 열고 멍구를 진정시키자 연신 꼬리를 살랑살랑 흔듭니다. 사랑을 주면 아낌없이 따르는 게 바로 동물이지요. 그나마 외로움을 달래주는 멍구가 있어서 참으로 다행스럽습니다.

산승이 꼭 해야 할 일이 뭐가 있을까마는 그래도 기나긴 겨울밤을 보내기가 무료해서 한철 내내 경전을 펴놓고 독송하거나 공부를 합니다. 중창불사를 하고 있으니 동안거에 들어갈 형편이 안 됩니다. 하루에도 수십 번씩 헬기가 자재를 실어 나르는 통에 귀가 먹먹합니다. 사고가 나지는 않을까 늘 조바심이 일어나는데, 불사를 모두 마치려면 2년은 족히 걸릴 것 같습니다. 불사 중에 경전을 읽는 것은 불보살님의 가피를 구하는 일이기도 하지요.

우리나라에는 높은 산 위에 조성된 절이 많습니다. 옛날 스님들은 아스라한 벼랑 끝에 어떻게 법당을 지었을까요. 낙산사 홍련암과 김제 망해사, 경주 남산의 칠불암 등이 그 예입니다. 요즘에는 헬기와 기중기 등 많은 장비를 이용할 수 있지만 옛날에는 오직 사람의 힘으로 돌과 나무를 날랐겠지요. 그 고충을 감히 상상하기도 힘들지만, 모든 어려움을 감내하고 불사를 회향할 수 있었던 것은 그만큼 스님들의 신심이 강했기 때문이지요.

방문을 열자 신산한 바람이 책장을 넘깁니다. 얼른 방문을 닫고 다시 《법화경》을 펼칩니다. 불가의 경전이 팔만 사천 가지에 달한다고 하는데 그중 《법화경》은 제가 불가에 들어와서 제일 먼저 접한 경전입니다. 부처님께서는 설산에서 6년 고행 끝에 깨달음을 얻은 뒤 49년 동안 중생을 위해 설법하다가 열반에 드셨습니다. 부처님의 설법 시기를 다섯 단계로 나누어 '오시설법五時說法'이라고 하지요.

아함십이방등팔 阿含十二方等八
이십일재담반야 二十一載談般若
법화열반공팔년 法華涅槃共八年
화엄최초삼칠일 華嚴最初三七日

이것을 풀어보면 《아함경》 12년, 《방등경》 8년, 《반야경》 21년, 《법화경》과 《열반경》 합쳐서 8년, 《화엄경》은 21일 동안 설법하셨다는 뜻입니다. 이중에서 《법화경》은 부처님께서 지견知見을 열어 보이시고 방편과 비유로써 설법하신 경전입니다.

모든 경전이 중생에게 깨우침을 주고 있지만, 특히 저는 《법화경》에 담긴 '삼계화택三界火宅'의 비유에 큰 감명을 받았습니다. 그 내용을 보면 우리가 살고 있는 세상을 불타는 집에 비유하고 있습니다. 쾌락에 빠져 그것이 위험한 줄도 모르는 것이, 마치 불타는 집에서 놀고 있는 아이들과 다를 바 없다는 내용이지요.

이렇게 부처님 법에 가까이 다가갈수록 그 오묘한 세계에 놀라고 점점 빠져들게 됩니다.

등운암 불사를 무사히 회향할 수 있었던 것은 불사를 하는 동안 일심으로 기도하며 경전을 공부한 덕분이 아닐까 생각됩니다.

자연의 소리에 귀를 기울이면

계룡산에 봄이 오면 순식간에 온 산이 철쭉으로 붉게 물듭니다. 겨울이 지나면 어김없이 봄이 오듯이, 자연의 성품은 조금도 거짓이 없습니다. 그런데 우리는 어떤가요? 봄이 와도 봄이 오는 걸 느끼지 못하고 살아가는 것은 아닐까요?

대다수는 눈만 뜨면 출근하기 바쁘고, 밤이 되면 흥청거리다가 하루를 의미 없이 흘려보내는 삶을 살고 있지요. 저도 한때는 그렇게 사는 게 당연한 줄 알았습니다. 출가하기 전엔 출세에 눈이 멀어서 세월 가는 것도 몰랐으며, 계절의 참맛도 제대로 느끼지 못했지요.

하지만 그렇게 사는 것이 과연 행복한 삶일까요? 부처님께서는 왜 왕자의 자리를 버리고 6년간 고행을 자처하면서 깨달음을

얻고자 했을까요? 저는 그런 삶으로부터 벗어나기 위해 출가를
감행했습니다.

등운암 주지 소임을 맡은 후 1년 동안은 마곡사 큰절에 갈 때
외에는 산을 내려가지 않았습니다. 암자는 구름과 안개로 인해
속계俗界와 진계眞界의 경계가 뚜렷이 구분됩니다. 그래서 옛사
람들은 계룡산을 두고 도인들과 신선들이 사는 산이라고 했는지
도 모릅니다.

계룡산 연천봉을 오르다 보면 계곡 바위틈에서 흘러나오는 자
연수가 있습니다. 이 물을 한 모금 축이면 온몸이 시원하고 정신
까지 맑아집니다. 이렇듯 자연은 우리에게 풍성함을 안겨다 줍
니다. 인간이 자연으로부터 배워야 할 것은 지혜입니다.

암자에서는 세상의 모든 소리로부터 벗어나 자연의 소리에 귀
를 기울이게 됩니다. 출가한 뒤 가장 의문이 들었던 것이 성철
스님의 "산은 산이요, 물은 물이다"라는 화두였습니다. 도대체
이게 무슨 말일까? 세 살 먹은 아이도 당연히 알아들을 소리를
왜 큰스님께서 하셨을까? 이런 의문을 품고 그 뜻을 헤아려보았
습니다.

우리 눈에 보이는 산은 그저 산일 뿐이고, 물은 그저 물일 뿐
입니다. 이것은 '있는 그대로 모든 것을 받아들이라'는 불가의 화
두입니다. 말하자면 "산은 산이요 물은 물이다"는 부처님께서

우리에게 전해주신 자연의 지혜입니다.

자연은 물처럼 순리대로 흐릅니다. 봄이 되면 꽃이 피고, 때가 되면 반드시 집니다. 그런데 인간은 자연의 지혜를 거스르다 수많은 재앙을 만납니다. 자연의 순리를 역행한 데 따른 과보를 받고 있는 거지요.

등운암에서 연천봉으로 오르는 산길에는 무속의 흔적이 많이 남아 있었습니다. 애초에 부처님의 정법正法은 미신이나 무속과는 거리가 멉니다. 등운암을 수행 중심의 정법도량으로 변모시키기 위해 저는 3년 동안 한 번도 빠짐없이 밤중에 연천봉을 오르내리며 무속인들의 출입을 막았습니다. 무속인들이 켜놓은 촛불에 산이 홀라당 타버릴 뻔한 적도 있었기 때문입니다.

무속인들의 믿음대로 정말 산신령이 있을까요? 모든 것은 우리 마음이 지어내는 겁니다. 누군가가 산신령이 있다고 믿으면 있는 것이고, 없다고 믿으면 없는 겁니다. 다만 우리가 배워야 할 것은 있는 그대로 세상을 바라보는 겁니다. 이것이 부처님의 정법입니다.

자신이 지은 업을 따라가는 것이 부처님의 가르침입니다. 이러한 신념이 약하다면 정법은 무너지고, 마침내 귀신이 따라붙게 됩니다. 모든 것은 마음으로부터 생겨나고 사라집니다.

인간은 자연의 지혜를 결코 이길 수 없습니다. 비가 양분이 되어 나무와 꽃을 키우듯이, 인간은 자연의 성품을 있는 그대로 받아들여야 합니다. 지금 이 순간을 있는 그대로 받아들이는 것이 바로 자연으로부터 배워야 할 지혜입니다.

어머니의 전기담요

열어둔 창문 틈으로 바람이 책장을 넘깁니다. 자리에서 일어
나 창을 닫고 앉습니다. 늦은 저녁, 책을 읽는데 까닭 없이 자꾸
눈물이 납니다. 속가의 어머니가 편찮으시다는 기별을 받은 뒤
로 마음이 뒤숭숭합니다.

나이가 들면 누구나 병치레를 하기 마련이어서 대수롭지 않
게 생각했는데 상태가 많이 위중하셨나 봅니다. 다행히 큰 병은
아니라고 해서 마음이 놓이긴 했습니다. 다 키워놓은 아들이 어
느 날 갑자기 훌쩍 출가하여 스님이 되었으니 어머니의 마음은
오죽할까 싶습니다. 아무리 수행자라 해도 어머니에겐 미우나
고우나 당신 자식이니까요. 스님을 아들로 둔 이 세상 어머니들
의 마음은 어떨까요?

일전에 어머니가 전기담요를 가지고 등운암에 올라오신 적이 있습니다. 대전에서부터 그 무거운 것을 이고 깊은 산중 암자까지 말이지요. 설마 암자에 전기가 들어오지 않으리라고는 생각하지 못하셨던 겁니다.

"스님, 등이 따뜻해야 몸이 건강합니다."

언젠가부터 어머니는 저를 이름 대신 '스님'이라 부르고 말도 높였지요. 처음에는 기분이 묘하고 어색했지만 곧 괜찮아졌습니다.

"군불을 때면 따뜻한데 뭐하러 이 무거운 걸 이고 오셨어요?"

말은 그렇게 했어도 어머니의 심정을 모르는 바 아닙니다. 무거운 걸 도로 가져가시라고 할 수도 없어서 방 한쪽에 둘둘 말아 그대로 두었지요. 수행자는 추우면 추운 대로, 더우면 더운 대로 살아야 하는 사람입니다.

며칠 사이 갑자기 한파가 몰아쳤습니다. 문득 어머니의 전기담요가 생각나 엉덩이에 깔고 앉았더니 마음에 온기가 돌며 어머니의 얼굴이 떠올랐던 겁니다.

어머니 연세가 벌써 여든이 넘었으니 그럴 만도 하다는 생각을 하지만 좀처럼 마음이 놓이지 않습니다. 어머니만 생각하면 자꾸 눈시울이 붉어집니다.

세상의 모든 어머니는 자식이 스님이든 죄인이든 간에 자식을 그리워하지요. 배 아파서 낳은 자식은 어머니에게 곧 당신의 몸과도 같습니다. 그래서 김초혜 시인은 이런 시를 쓰지 않았나 싶습니다.

한 몸이었다
서로 갈려
다른 몸 되었는데

주고 아프게
받고 모자라게
나뉘일 줄
어이 알았으리

쓴 것만 알아
쓴 줄 모르는 어머니
단 것만 익혀
단 줄 모르는 자식

처음대로
한 몸으로 돌아가
서로 바꾸어

태어나면 어떠하리

 – 김초혜, 〈어머니 1〉

이 시에는 어머니에 대한 사랑이 그대로 애절하게 녹아 있습니다. 한 몸이었다가 갈라진 몸이니 어머니에게 자식은 곧 당신의 몸과 다름이 없습니다. 그런 자식은 어머니가 주시는 좋은 것들만 취해 그것이 좋은 줄을 모릅니다. 그래서 시인은 어머니와 자식이 서로 몸을 바꾸어 다시 태어나면 어떨까 말합니다.

신도들에게 법문할 때 들려줄 요량으로 외워둔 시인데, 어머니가 그리워질 때마다 속절없이 이 시가 뇌리에 떠오릅니다.

암자를 찾아온 여인

마치 예리한 송곳이 가슴을 찌르는 듯한 느낌이었습니다. 요즘 불면이 깊어진 탓도 있지만, 출가 전에 알았던 한 여인이 소식을 듣고 홀연 암자로 찾아왔기 때문입니다. 내심 반갑기도 했지만 딱히 말할 수 없는 아픔 같은 것이 가슴 한쪽을 아련하게 찔렀습니다.

그녀를 마주하고 저는 한동안 말을 잊었지요. 아니, 불현듯 찾아온 그 여인의 눈빛을 보자 제 마음이 흔들리는 걸 느꼈습니다. 아마 그 여인도 그랬을 겁니다.

"건강하시죠?"

그녀가 던진 짧고 단단한 한마디에 아무 대꾸도 할 수 없었습니다. 출가한 지 제법 세월이 흘렀는데도 말입니다.

사랑하는 사람이 어느 날 갑자기 스님이 되어 산중에서 도를 닦는다면 어떤 생각을 떠올릴까요? 이런 연약한 마음을 가지고 있다는 건 아직도 세속의 때를 완전히 벗지 못했기 때문인지도 모릅니다. 여인이 다녀간 날, 저는 상념에 잠겨 한동안 잠을 이루지 못했습니다.

비구계를 받기 전, 법당에 올라가 3,000배를 하며 다짐했습니다. 가족과 친구는 물론이고 사랑했던 사람과도 완전히 인연을 끊고, 살면서 몸에 밴 습벽도 모두 버리겠다고요. 그렇게 다짐했건만 어리석게도 그녀를 본 순간 마음이 흔들리고 말았던 거지요.

언젠가 저에게 출가를 권했던 어떤 분은 이렇게 말했습니다.

"총각은 부처님과 인연이 매우 깊은 것 같네요."

이제야 그 말의 의미를 겨우 깨닫기 시작했는데, 뒤돌아보면 그분의 말이 틀림없는 것 같습니다. 지금 암자의 주지가 되어 불사를 하고 있는 것도 부처님과의 인연 때문이지요. 그런데 아직도 미련을 버리지 못하고 인연의 끈을 계속 붙잡고 있다는 생각에 부끄러움이 밀려왔습니다.

산사에 낀 안개는 정오 무렵이 지나서야 완전히 걷혔습니다. 번뇌의 중얼거림도 하루가 지나서야 안개 걷히듯 사라졌습니다.

인간의 삶은 유한하고, 그 길은 부침浮沈이 심하기 마련이지요. 이제 저는 세월이 흘러도 변하지 않는 자연의 이치를 바라보며, 자연의 발성법인 '무념무심無念無心'을 배워야 합니다. 그 여인 또한 자신의 길을 가겠지요.

봄이 되면 잎을 피우고, 여름이면 짙푸르고, 가을이면 자신의 몸을 지우고, 겨울이면 새 잎을 틔우기 위해 차디찬 바람을 맞으면서 인내하는 나무. 수행자는 그런 나무처럼 살아야 합니다. 이것이 바로 부처님께서 가르쳐주신 진리입니다.

마음으로 짓는 감옥

밤새 귀뚜라미 울고 마당가엔 구절초가 흐드러지게 피었습니다. 산사에서 한철을 보내보면 세상에서의 시간과 전혀 다른 느낌으로 계절을 실감하게 됩니다. 도시인들은 계절이 오고 감을 단지 기온으로 체감할 뿐이지만, 저와 같이 산중에서 지내는 사람은 계절이 흐르는 것을 눈으로 보고, 귀로 듣고, 피부로 느낍니다. 산중에 사는 스님들에게는 축복이라 할 수 있지요.

그러고 보면 요즘 사람들은 참 안타깝습니다. 계절의 흐름을 제대로 느끼기는커녕 집과 직장을 오가는 생활이 전부이다시피 합니다. 그럴수록 자연 속에서 마음의 여유를 찾아야 하는데, 주말이면 지쳐서 텔레비전에나 매달려 사는 모습이 정말 딱하지요.

그런 사람들에게 꼭 묻고 싶은 것이 하나 있습니다. 지금 당신이 살아가는 이유는 무엇인가요? 살기 위해서 사는 것인지, 그냥 살아 있으니 사는 것인지, 존재의 가치조차 모르고 살아가는 것은 아닌가요? 일의 감옥에 갇혀서 자신의 존재를 잊어버리고 사는 사람이 부지기수인데 당신은 어떤가요?

저 꽃과 나무들을 보세요. 자기 존재를 드러내기 위해 향기로운 꽃과 열매를 맺고, 때가 되면 스스로 떠날 줄을 압니다. 그처럼 사람에게도 소중한 것은 내가 이 세상에 살아 있다고 하는, 존재에 대한 자각입니다.

우리도 자연법을 배워 쓸데없는 일에 시간을 낭비해서는 안 됩니다. 우리에게 주어진 시간을 잘 쪼개서 현명하게 써야 합니다. 자신의 존재 가치를 드러내려면 시간을 잘 활용해야 합니다. 이를 소홀히 하게 되면 반드시 후회가 따르지요. 저 역시 그랬으니까요.

바쁠 것 없는 산중 생활이지만 저도 나름대로 시간을 쪼개 하루를 보냅니다. 일어나면 맨 먼저 새벽예불을 올리고, 마당을 쓸고, 텃밭을 돌아보고, 찾아오는 신도들을 맞이하고, 저녁이면 책 읽기에 집중합니다. 그리고 하루 한 번은 주변을 산책하면서 명상에 잠깁니다.

사람들은 스님이니까 가능하다고 말하지만 천만의 말씀입니다. 그냥 흘려보낼 수 있는 시간에 책을 읽거나 휴대폰을 내려놓고 잠시 무념무상에 잠기는 것도 좋은 방법입니다. 시간은 실로 소중하다는 것을 늘 생각하며 살라는 당부입니다.

누구든 나이가 들면 세월이 화살처럼 빠르다는 걸 느낍니다. 거의 대부분 무의미하게 흘려보낸 지난날을 돌아보며 회한에 잠깁니다. 그러나 과거는 이미 흘러갔고, 미래는 아직 오지 않았습니다. 그러니 후회하며 포기하기엔 이릅니다. 소중한 것은 바로 지금 이 순간입니다.

매일 아침 산사에서 만나는 꽃과 나무가 늘 새롭게 보이는 까닭은 무엇일까요? 바로 매순간 살아 있음을 자각하며 일상에서 깨어 있기 때문입니다. 사람은 무엇이든지 느끼면서 살아야 합니다. 자신이 마주하는 세상의 경이로움을 마음으로 느끼지 못한다면 살아 있어도 사는 게 아니지요. 스스로 마음의 감옥을 만들고 자기를 가두는 것은 아닌지 한 번쯤 되돌아볼 일입니다.

인생에 대해 한 말씀만

계룡산은 가을 단풍이 아름다운 곳입니다. 주말이면 단풍을 즐기려는 등산객들이 몰려오곤 하는데, 간혹 등운암에서 하룻밤 머물기를 청하는 이들이 있습니다. 그러면 저는 요사의 방 하나를 그들에게 기꺼이 내어줍니다.

어느 해 가을의 일입니다. 계룡산을 찾았다가 등운암의 아름다운 산경山景에 반해 하룻밤을 청한 젊은 여자분이 있었습니다. 극히 드문 일이었지만 그분과 함께 밤늦게까지 차담을 나누게 되었습니다. 수행자가 여자와 단둘이 있는 건 금기사항이지만 하산을 하기에는 너무 늦은 시간이었고, 자신의 고민을 이야기하는 그녀를 밖으로 내치기도 힘들었기 때문입니다.

묻지도 않았는데 그녀는 대학을 마치고 직장을 다닌 이야기며, 결혼하고 이혼한 뒤 불교 공부를 시작했다는 이야기를 조곤조곤 들려주었습니다. 밤이 깊어갈 즈음, 그녀가 결론인 듯 이렇게 물었지요.

"스님, 인생에 대해 한 말씀만 해주세요."

"태어나 살다가 늙고 죽는 겁니다. 100년이라는 결코 짧지 않은 세월을 살다 가는 게 인생입니다."

"에이 스님, 너무 재미가 없잖아요."

"인생을 재미로 사나요? 내 말은, 그렇게 사는 게 인생이니 너무 아파할 것도 없고, 애착을 가질 것도 없다는 뜻입니다. 자신에게 주어진 삶을 그냥 살다가 가면 되는 거죠."

"그렇군요. 그렇게 살다가 가면 되는군요."

이윽고 차담이 끝나자 그녀는 요사의 방으로 돌아갔습니다. 당시만 해도 출가한 지 겨우 5년 남짓한 때여서 세속의 때가 아직 가사 자락에 묻어 있었지요.

그다음 날 이른 아침, 포행을 하고 돌아왔을 때 그녀는 온데간데없었습니다.

산문에 있으면 별별 사람들이 다 찾아옵니다. 그들이 하룻밤 묵기를 청하면 기꺼이 방을 내어주는 까닭은 이곳에서 하룻밤을 보내는 동안만이라도 살아온 인생을 돌아보고 마음을 비우라는 뜻입니다.

　다시 세찬 바람이 불어옵니다. 겨울이 더딘 걸음으로 오다가 갑자기 성큼성큼 다가서는 모양입니다. 이 비가 그치면 기온이 영하로 곤두박질치겠지요. 그것 또한 삶이라는 것을 깨닫습니다.

구름 위의 암자 이야기

물이 흐리거나 끓고 있다면

물이 흐리거나
뜨거운 불에 끓고 있거나
이끼로 덮여 있다면
자신의 얼굴을
있는 그대로 볼 수 없다.

부처님께서는 '물의 비유'를 통해 사람이 살아가야 할 길을 깨우쳐주셨습니다. 대표적인 설법이 바로 《상응부경전相應部經典》에 실린 비유입니다.

고대 인도에는 거울이 없었기 때문에 그릇에 담긴 맑은 물에 얼굴을 비추어 보았다고 합니다. 그런데 물이 흐리거나, 끓고 있거나, 푸른 이끼가 물을 덮고 있다면 얼굴에 묻은 때를 제대로 볼 수가 없습니다.

'물이 흐리거나' '불에 끓고 있거나' 하는 것은 마음이 고요하지 못하고 늘 허둥대는 상태를 말합니다. 이끼 역시 끊임없이 번뇌에 빠지는 마음을 비유한 거지요. 이런 사람은 결코 자신의 진면목을 볼 수 없습니다.

자신의 얼굴을 제대로 본다는 말은 곧 자기 자신을 제대로 안다는 뜻입니다. 이 세상에서 가장 어려운 일은 자기 자신을 속이지 않는 것이라고 했습니다. 자신을 자주 속이는 사람은 남도 잘 속이기 마련입니다. 도둑질을 하는 것은 자신의 양심을 속이는 일이며, 길을 가다가 휴지를 함부로 버리는 행위도 자신을 속이는 일입니다. 이런 사람들은 남을 속이는 일도 아주 쉽게 생각합니다.

불가에서는 몸으로 짓는 업, 입으로 짓는 업, 생각으로 짓는 업을 가리켜 '신구의身口意' 삼업三業이라고 합니다. 그중에서 가장 큰 업은 입으로 짓는 업입니다. 이 구업口業을 짓지 않으려면 항상 부드러운 말, 바른 말, 좋은 말을 사용해야 합니다. 남을 헐뜯기 좋아하는 사람은 돌이킬 수 없는 구업을 지어 결국에는 나쁜 과보를 받게 됩니다.

상대방에 대해 항상 좋게 말해야 하지만 이 또한 지혜로워야 합니다. 만약, 사기꾼을 가리켜 좋은 사람이라고 한다면 어떻게 될까요? 그와 공범이나 다름이 없습니다. 이왕이면 좋게 말해주자 생각했는데, 자신이 오히려 수렁에 빠질 수도 있기 때문에 지혜롭게 그의 됨됨이를 보아야 합니다.

잘 산다는 말은 자기 자신을 속이지 않고 사는 것이며, 순간을 살아도 진실하게 사는 겁니다. 순간을 가볍게 여기는 사람은 인생을 가볍게 여기는 사람입니다. 하나의 점이 모여 선이 되고 원이 되듯이, 우리는 순간이라는 점을 찍어서 20년, 30년, 50년 이상 이어지는 인생을 살게 됩니다.

이것을 깨닫고 명심한다면, 오늘 내가 어떻게 살아야 하는가에 대한 명확한 답을 얻을 수 있습니다. 지금 이 순간은 다시 오지 않는 소중한 시간이며, 지금 내가 만나는 사람은 소중한 인연입니다.

《금강경》에 '응무소주 이생기심應無所住而生其心'이라는 말이 있습니다. '남을 도울 때는 머무는 바 없이 행하라'는 뜻입니다. 이것이 바로 대가 없이 보시를 행하는 '무주상보시無住相布施'입니다. 오늘 내가 만난 사람이 어떤 일로 슬픔에 빠져 있다면, 그의 아픔을 가슴으로 보듬어주어야 합니다. 상대에게 대가를 바라지 않고 아낌없이 도울 때 무량한 복이 찾아옵니다.

‘나는 왜 운이 없을까’라고
투덜거리는 사람들이 있습니다.
그럴수록 운이 달아난다는 것을
그들은 모르는 모양입니다.
운은 누가 가져다주는 게 아니라
내가 만드는 겁니다.
그것을 가리켜 복을 짓는 거라고 하지요.
복을 많이 지으세요.
그러면 운도 따라옵니다.

죄업에는 자성自性이 없어 마음 따라 일어나니
만약 마음이 소멸되면 죄업 또한 사라지네.
죄도 없고 마음이 멸해 둘이 함께 공해지면
이것을 곧 이름하여 진정한 참회라고 하네.
《천수경》

———

행복하게 잘 살려면 내 곁에 있는
모든 이들을 부처로 보아야 합니다.
행복하게 오래 살려면 내 곁에 있는
모든 이들을 부처로 보아야 합니다.
남에게 존경을 받으려면 내 곁에 있는
모든 이들을 부처로 보아야 합니다.

연잎 위에 빗방울이 떨어지면

한동안 고여서 이리저리 일렁이다가

어느 정도 고이면 미련 없이

물방울을 비워내는 것을 볼 수 있습니다.

법정 스님은 이 모습을 지켜보며

자신이 감당할 만큼만 받아들이고 아낌없이 비워내는

'연잎의 지혜'에 감탄하셨지요.

이와 같이 현상에 대한 깊은 사유에서

비롯된 생각을 지혜라고 합니다.

당신은 사물의 현상을 보며 얼마나 사유하고 있나요?

사유하지 않는 사람은 발전하지 못합니다.

어떤 일을 할 때
어렵다거나 혹은 쉽다거나 하는
생각을 떠나야 합니다.
중요한 건 그 생각이 일어나기 전
나의 본래 마음을 다스리는 것입니다.
그렇게만 하면 아무리 힘든 일도
능히 헤쳐 나갈 수 있습니다.

————

백 년을 산다 할지라도
마음이 어리석다면
고요한 마음을 지닌 사람이
단 하루를 사는 것만 못하다.
《법구경》

기적이란 지금 이 순간

내가 숨 쉬고, 말하고, 보고, 듣고, 걷는 것입니다.

이보다 더 행복한 일이 있을까요?

아무리 돈이 많아도,

아무리 명예가 높아도,

이 놀라운 기적을 깨닫지 못하면 소용없습니다.

| 2부 |

그대에게 가는
오직 한길

만수산 무량사에서

살아도 사는 것이 아닌

무량사의 산문山門에 서서 가끔 먼 산을 바라봅니다. 문득 늦은 나이에 출가해 걸어온 지난 세월이 주마등처럼 스쳐 지나갑니다.

수행자가 누구나 그렇듯이 저에게도 말 못 할 출가의 사연이 있습니다. 어릴 적 제 꿈은 정치가나 학자였지만, 이공계로 진학해 엔지니어의 길을 걸었습니다. 그러다 직장을 그만두고 사업을 하러 베트남으로 떠났습니다. 당시 베트남은 한국과 수교가 채 이루어지기 직전이었는데, 새로운 세계를 경험하고 싶어 중대 결심을 했던 겁니다.

하지만 외국에서 사업한다는 것이 생각만큼 쉬운 일이 절대 아니었습니다. 말이 통하지 않는 데서 오는 어려움은 물론이고,

환경이 생각보다 너무 힘들었고, 사업도 신통치 않았습니다. 자유시장경제 체제에 익숙하지 않은 베트남 사람들에게 무엇인가를 판다는 것이 무리였던 겁니다. 결국 단 2년 만에 알거지가 되어 귀국을 결심했습니다.

몸과 마음이 피폐한 상태로 새벽녘 김포공항에 내렸습니다. 쫓기듯이 돌아와 한국 땅을 밟는 순간, 마치 허공을 딛는 것처럼 몸이 휘청거렸습니다. 하지만 집에 전화를 걸 수도 없었고, 초라한 모습을 보여주기 싫어서 친구들한테도 연락할 수가 없었습니다.

그길로 서울 북한산의 이름 있는 절 아래에 허름한 월세방을 얻었습니다. 입에 풀칠은 해야겠기에 공사장에 나가 근근이 하루 벌어 하루 먹고 살았습니다. 호주머니에 몇 푼이라도 생기면 술로 밤을 새웠습니다. 알코올 중독도 심각했고, 조금 높은 건물을 보면 자괴감에 뛰어내리고 싶은 충동을 느끼곤 했습니다. 그야말로 죽지 못해 살았던 겁니다.

어느 날이었습니다. 바람도 쐴 겸 절에 산책을 나갔다가 나이가 꽤 들어 보이는 한 신도님을 만났습니다. 그분에게 지난 이야기를 사심 없이 털어놓게 되었습니다. 말문을 닫은 지 참 오랜만에 나눈 대화였는데, 푸념 같은 저의 말을 그분은 누님처럼 잘 받아주었습니다.

며칠이 흐른 뒤 산행길에 그분을 또 만났습니다.

"아직 시퍼렇게 젊은 사람이 허구한 날 방바닥에 드러누워 있어요?"

저는 땡전 한 푼 없는 무일푼 신세였고, 어떻게 살아야 할지 앞이 캄캄했습니다. 아무 의욕도 없이 하루하루 보낸다는 게 죽는 것만큼이나 힘든 시절이었습니다.

그분이 떡과 책 한 권을 제게 건넸습니다.

"한번 읽어보세요. 부처님께 1만 배를 하면 모든 소원을 들어주실 거예요."

그 책은 불자들이 예불을 할 때 보는 《법요집》이었습니다. 그분이 귓가에 던지고 간 그 한마디가 마음속을 파고들었습니다. 살면서 단 한 번도 절을 해본 적이 없는데, 1만 배를 하면 정말 부처님이 내 소원을 들어주실까? 그런데 내 소원이 뭘까?

다음 날 오전, 누군가가 방문을 두드렸습니다.

"총각, 자나 봐요. 해가 중천에 떴는데 사지 멀쩡한 사람이 잠만 자서야 되겠어요?"

그 신도님의 목소리였습니다. 그분은 방문을 빼꼼 열어보고는 그냥 사라졌습니다.

저는 다시 자리에 누워서 '1만 배를 할 것인가, 말 것인가'를 두고 오랫동안 고민했습니다. 당시 제 몸은 10분을 걸으면 10분을 쉬어야 할 정도로 체력이 극도로 떨어진 상태였습니다. 그런 몸으로 1만 배를 한다는 것이 감히 엄두가 나지 않았습니다.

그러나 그분이 던진 한마디는 하루 종일 귓속을 파고들었습니다. 마음속에 끊임없는 갈등이 일어났습니다. 죽지 못해 사는데 그깟 1만 배를 한다고 해서 내가 죽을까? 이왕 죽을 바에는 부처님께 1만 배를 하다가 죽는다면 그래도 좋은 소리를 들을 게 아닌가? 더 이상 이것저것 생각할 여유가 없었습니다.

다음 날 그분이 또다시 방문을 두드렸을 때 제가 먼저 물었습니다.

"1만 배를 하려면 하루에 몇 번이나 해야 하는 겁니까? 잠은 언제 자고요?"

"법당에서 나오지 않고 꼬박 하루를 하면 될 거예요."

"그런데 왜 제게 1만 배를 하라고 그러십니까?"

"총각을 보니 생긴 것도 그렇고, 부처님과 인연이 깊은 것 같아서 그러지요. 꼭 1만 배를 올려보세요."

지금껏 절에 가서 부처님을 참배한 적도 없는 내가 어떻게 부처님과 인연이 깊다는 말인지 알다가도 모를 일이었습니다. 방세도 밀리고, 쌀도 떨어지고, 차비조차 없는 형편에 뭐가 달라질 수 있을까? 1만 배를 한다고 당장 돈이 생기는 것도 아닌데.

북한산 계곡으로 올라가 흐르는 계곡물에 발을 담갔습니다. 한 달 내내 방안에 틀어박혀서 세상과 등지고 살다가 오랜만에 밖으로 나오니 의욕이 생겼습니다.

절 앞마당으로 내려가 서성이자 그 신도님이 보였습니다.

"어때요? 당장 시작해볼래요? 자신이 있으면 지금 기도할 판을 깔아드릴게요."

잠시 머뭇거리다가 그분에게 물었습니다.

"어떻게 시작하면 되나요?"

"먼저 몸부터 깨끗하게 씻고 오세요."

텁수룩하게 자란 수염을 깎고 몸을 씻고서 그분이 건네준 법복으로 갈아입었습니다. 법당에 들어서자 불상이 저를 향해 미소 짓고 있었는데, 생전 처음 느껴보는 기분이었습니다.

"지난 일들은 모두 지우고 새로운 마음가짐으로 절하세요."

30년도 넘는 인생의 경험을 깡그리 지우라니. 아픈 기억과 상처를 모두 지운다는 게 어디 말처럼 쉬운 일인가? 그렇지만 정말 모든 걸 잊고 싶었습니다.

"절을 하다 보면 자연스럽게 달아납니다. 오직 한마음으로 관세음보살 명호를 염불하면 지난 일들이 다 사라지게 마련이지요. 그런 후에 다시 새로운 삶을 시작하는 거예요."

　그렇게 부처님께 먼저 인사를 올리고 저녁 공양을 한 뒤 굳은 각오로 법당에 올라갔습니다.

1만 배의 기도

백중기도 입재를 앞둔 무더운 여름날이라 가만히 서 있기만 해도 땀이 솟았습니다. 고개 들어 부처님의 얼굴을 뚫어지게 바라보았습니다. 마치 부처님께서 저를 보며 미소 짓는 것만 같았습니다.

부처님 앞으로 다가가 향을 올리고 가지런히 두 손을 모았습니다. 향 내음이 법당 안에 그윽하게 번졌습니다. 법당에는 저 외에도 3,000배를 하려는 신도 몇몇이 함께 있었습니다. 이제 도망갈 수도 없었습니다.

마침내 신도들과 함께 절이 시작되었습니다. 생각보다 몸이 가볍고 상쾌했습니다. 관세음보살의 명호를 염불하자, 머릿속으로 방구들을 베고 누워 있었던 지난날들이 스쳐 지나갔습니다.

50배, 100배를 하고 500배가 지나자 온몸에서 땀이 비 오듯 흘렀습니다. 이제 겨우 시작인데 다리에 힘이 풀리기 시작했습니다. 뒤에서 신도님의 목소리가 들렸습니다.

"쉬면 안 돼요. 쉬면 더 힘들어서 못 해요."

1,000배쯤 하자 숨이 목구멍까지 차올랐습니다. 아무것도 모르고 시작한 절이었지만, 그동안 살아온 삶을 돌아보며 참회의 눈물이 하염없이 흘러내렸습니다. 몸은 점점 힘들어도 마음은 갈수록 가벼워지는 놀라운 경험이었습니다.

새벽 4시가 되자 3,000배가 끝났습니다. 함께 기도를 시작한 신도들이 3,000배를 마친 뒤에도 돌아가지 않고 저를 격려했습니다. 그분들을 봐서라도 힘을 내야 했습니다.

'이 몸으로 3,000배를 한 것도 기적이다. 죽기 살기로 1만 배를 해보자!'

그때부턴 정말 저 자신과의 싸움이었습니다. 1만 배를 모두 마칠 때까진 자리에 누울 수도 없었습니다. 한번 누워버린다면 그길로 잠에 떨어질 것이 분명했습니다. 사지가 비틀렸지만 지켜보고 있는 신도들이 저를 지키는 신장과도 같았습니다.

1만 배를 권유하신 신도님은 마음속으로 숫자를 헤아리며 저를 응원했습니다.

"이제 7,000배를 했어요. 우리 처사님 약골인 줄 알았는데 이제 보니 대단하네요. 정 힘들면 이쯤에서 끝내도 돼요."

"아닙니다…… 시작했으니 끝을 봐야지요."

오기로 시작했지만 마음속에 말할 수 없는 기쁨이 번졌습니다. 살면서 목표로 했던 그 무엇을 단 한 번도 이뤄본 적이 없었던 제가 처음으로 목표를 이뤄가는 순간이었습니다.

'1만 배를 하면 소원이 이루어진다고 했지만 나는 아무것도 바라는 게 없다. 이대로 죽어버려도 그만이다.'

이제는 그냥 절을 하고 싶었습니다. 몸을 낮출수록 나쁜 생각, 부정적인 마음은 사라지고 알 수 없는 희망 같은 것이 자라기 시작했습니다.

9,000배를 하자 도저히 자리에서 일어날 수가 없었습니다. 30분을 넘게 쉬었지만 몸이 말을 듣지 않았고, 그대로 드러눕고 싶었습니다.

"더 할 수 있겠어요?"

"……해야지요."

몸은 가눌 수 없을 정도로 힘들었지만 이상하게도 머리는 맑았습니다. 신도들의 격려에 다시 힘이 났습니다. 마음을 먹으면 정말 못할 일이 없다는 걸 그때 처음 알게 되었지요. 하지만 1만 배를 다 마치면 죽을 수도 있겠구나, 하는 생각이 들었습니다. 신도들이 죽을힘을 다하는 저를 보며 입을 모아 말했습니다.

"대단해. 처음엔 긴가민가했는데 정말 대단한 신심이야."

저는 불자도 아니었거니와 신심이란 게 무언지도 몰랐습니다. 그저 저 자신과의 싸움이었지요. 갈수록 정신이 혼미해졌지만 그때마다 격려가 이어졌습니다.

"마음이 있으면 몸도 따라가기 마련이에요. 이제 딱 1,000배만 하면 끝나는 거예요."

그 소리를 듣자 이젠 누가 자리에 누우라고 해도 눕고 싶지 않았습니다. 무릎은 말로 표현하지 못할 정도로 고통스러웠고, 팔은 올리지도 못할 지경이었으며, 허리에는 감각조차 없었습니다. 깜빡 졸다가 신도들 목소리에 화들짝 깨어나기도 했습니다. 그 모습을 보다 못한 한 신도가 나섰습니다.

"이제 그만하세요. 부처님도 처사님 마음을 다 아실 거예요."

"아니 끝까지……."

이토록 진한 눈물이 남아 있었던지 두 눈에서 참회의 눈물이 쏟아졌습니다. 법당 밖에는 저의 모습을 지켜보기 위해 많은 신도가 모여들었습니다. 다시 힘을 내 절을 시작했습니다. 이 소식을 듣고 주지 스님이 올라왔습니다.

"사람의 힘으로는 더 이상 할 수가 없네. 이제 절하지 말고 합장한 채로 고개만 숙이게. 마음이 지극하면 그 또한 절하는 것과 마찬가지이니."

스님의 말에 귀가 번쩍 뜨였습니다. 평소에 절 수행을 열심히 하는 사람도 1만 배는 무리인데, 저 같은 초심자가 1만 배를 한다는 것은 상상도 할 수 없는 일이었습니다.

앉은 채로 합장하고 고개를 숙이는 것조차 힘들었지만 이대로 꼬꾸라질 수는 없었습니다.

"앉아서 9,892배까지 하고 마지막 108배는 절로 마무리하게."

그래야만 했습니다. 마음만 앞세워서 절을 계속한다면 몸에 큰 무리가 따를 게 분명했기 때문입니다.

이윽고 9,892배까지 마치고 남은 108배를 하기 위해 몸을 일으켜 세웠습니다. 팔다리에 감각이 없었지만 그래도 기어이 일어섰습니다. 다시 1배씩 천천히 부처님을 향해 절하기 시작했습니다. 마지막 10배가 남았을 때는 신도들이 일제히 숫자를 세었습니다. 몸에서 감응이 절로 일어나는 순간이었습니다.

"9,998…… 9,999…… 1만!"

마침내 1만 배를 회향했다는 기쁨에 온몸이 짜릿했습니다. 몸은 괴로웠지만 마음만큼은 그지없이 평안했습니다. 살면서 한 번도 경험하지 못한 성취감이었습니다. 신도들의 환호성을 들으며 저는 그대로 쓰러지고 말았습니다.

행자 수업

세상을 다 산 사람처럼 절망에 빠져 있던 처사가 새로운 인생을 산다는 소문이 신도들 사이에 빠르게 퍼져 나갔습니다. 1만 배 정진은 결국 저의 출가 동기가 되었습니다.

그 후 경기도 포천 수원산의 한 절에서 승복을 입고 출가생활을 시작했습니다. 작은 암자였지만 비구니 스님이 수지침을 잘 놓는다고 소문이 나서 아픈 분들이 많이 찾는 도량이었습니다.

어느 날, 비구니 스님이 저를 앉혀놓고 말씀하셨습니다.

"자네, 수지침 놓는 법을 배워보지 않겠나?"

"제가 어떻게……."

"침을 놓아서 돈을 벌라는 게 아니라 아픈 사람들의 고통을 조금이라도 덜어주면 좋지 않겠나. 난 이제 늙어서 손이 떨리니 침을 내려놓아야 할 것 같아."

기계만 만져보았던 저에게 침술은 생소한 분야였습니다. 비구니 스님은 중국의 침술 관련 책들을 건네주며 본격적으로 공부해보라고 권했습니다.

그날부터 비구니 스님의 어깨너머로 침술을 배우기 시작했습니다. 관절염이나 신경통에 효과를 본 환자들이 입소문을 내면서 절을 찾는 신도가 자연스럽게 늘었습니다. 한의사가 아닌 사람이 침을 놓는 등의 의료행위를 하면 불법이지만, 비구니 스님은 침을 놓고서 돈을 받는 것이 아니어서 별 문제가 없다고 했습니다.

정식으로 수지침을 배우고 난 뒤, 간혹 비구니 스님 대신 침을 놓기 시작했습니다. 나중에는 제가 놓는 침이 더 효과가 있다고 소문이 나서 주말이면 신도들이 줄을 이었습니다. 물론 돈을 벌려고 한 일은 아니었습니다. 그로부터 5년 동안 비구니 스님 곁에서 부전副殿 노릇을 하며 지내게 되었던 겁니다.

1만 배를 회향하고 난 뒤, 제 인생은 전혀 예상치 못한 방향으로 흘러갔습니다. 승복을 입었지만 그렇다고 정식으로 출가를 한 것도 아니었습니다. 하지만 수행과 기도의 즐거움을 알고 난 뒤로 주말마다 3,000배 정진을 했습니다. 절은 나를 낮추게 해주고, 모든 잡념이 사라지게 했으며, 과거의 상처들을 서서히 씻어주었습니다.

그러던 중 1만 배를 처음 권했던 신도님을 우연히 만났습니다.

"포천에 머문 지 벌써 5년이나 됐지요? 계룡산 신원사에 내가 잘 아는 벽암 큰스님이 계시는데 그곳으로 출가하지 않을래요?"

그 말을 듣는 순간 결심이 섰습니다. 당시 제가 있던 암자는 대한불교조계종 산하가 아니라 자체적으로 세운 군소 종단이었습니다. 처음엔 그것까지는 알 수 없었고, 알려고도 하지 않았습니다. 하지만 이제 정식으로 계를 받고 출가자로 살아야겠다는 강렬한 열망이 일어났습니다.

정식으로 출가하기로 마음먹은 뒤로는 밤늦게까지 경전 공부를 게을리하지 않았습니다. 이제 침놓는 일에는 그다지 미련을 두지 않았습니다. 수행자가 침술 치료를 한다는 것이 영 내키지 않았기 때문입니다. 하지만 찾아오는 신도들을 외면할 수 없어서 시간이 나면 틈틈이 환자들을 만나고 기도도 열심히 했습니다. 죽음의 문턱에서 5년 만에 새사람으로 태어난 겁니다.

"어때요, 내 눈이 정확하죠? 처사님 사주팔자는 분명히 부처님과 인연이 있다니까요."

1만 배를 권유했던 신도님의 이야기를 듣고는 웃고 말았습니다.

"그러게 말입니다. 제가 출가할 수 있게 도와주셔서 감사합니다. 그때 저를 인도해주지 않으셨다면 전 아마 골방에서 알코올 중독으로 죽었을 겁니다."

그 후 계룡산 신원사로 내려가 벽암 큰스님을 친견하고서 무릎을 꿇었습니다.

"큰스님, 출가하려고 왔습니다."

"자네 살림은 어느 신도를 통해 들었네. 늦은 나이에 힘든 중노릇을 할 수 있겠는가?"

"저에게 살림이라 할 만한 게 있겠습니까. 부디 저를 품어주십시오."

벽암 큰스님은 한동안 묵묵부답이었습니다.

"내 상좌가 법전이다. 찾아가서 한번 물어보거라."

그때부터 고된 행자생활이 시작되었습니다. 행자가 되면 벙어리 3년, 귀머거리 3년, 봉사 3년을 거쳐야 한다는 말이 있습니다. 오직 나를 낮추고 비우며 세속의 업과 습을 지우는 것이 행자수업입니다. 한마디로 속세에 찌든 몸과 마음을 정화하는 과정이라 할 수 있습니다. 뿐만 아니라 부모형제, 사랑하는 사람, 친구와 동료 등 세상에서 관계 맺은 인연들과도 냉정히 작별해야 합니다. 출가자가 삭발을 하는 것도 바로 이 같은 이유 때문입니다.

그렇지만 저의 행자수업은 남달랐습니다. 왜냐하면 이미 지난 5년 동안 행자들처럼 새벽에 일어나 예불하고, 청소하고, 살림하며 승가의 일을 해왔기 때문입니다. 일과를 마치고 저녁이면 홀로 참선수행을 했습니다. 하루가 아무리 힘들고 고단해도 두 눈을 감고 참선에 들면 이상하게도 몸이 하늘을 나는 듯 가벼워지곤 했습니다.

그럼에도 힘들었던 것은 그동안 몸에 밴 습과 세속의 인연들을 완전히 끊어내는 것이었습니다. 솔직히 말하면, 가장 견디기 힘든 것은 문득문득 올라오는 그리움이라는 감정이었습니다. 이 또한 하나의 모양[色]입니다. 서른 후반에 들어서서 출가한 사람이 연애 한 번 하지 않았다면 그건 거짓말이겠지요.

저 자신도 그렇지만 남자들은 특히 이성에 대한 탐심을 놓아버리기가 쉽지 않습니다. 출가자는 이 모든 것을 깨끗이 놓아버리고 잊어야만 합니다. 수행만을 하다 보면 그런 생각조차 잊어버리는 것이 스님들입니다. 이와 같이 행자수업은 자신을 괴롭히는 번뇌들을 마음의 촛불로 태워가는 시간이라 할 수 있습니다.

출가자는 대자유를 얻기 위해 계율에 자신을 가두어둡니다. 특히 행자는 눈에 보이지 않는 구속력에 단단히 매여 있는 처지입니다. 그래서 입이 있어도 말하지 않고, 귀가 있어도 듣지 않고, 눈이 있어도 보지 않습니다. 벙어리처럼, 귀머거리처럼, 봉사처럼 자신에게 주어진 일만을 해야 합니다.

비록 이 기간에 계를 어긴다고 해서 누가 탓하지는 않습니다. 자기를 스스로 구속하는 시간이 바로 행자 시절이기 때문입니다. 이를 제대로 지키지 못할 때, '절이 싫으면 중이 떠난다'는 말처럼 그냥 떠나면 되는 겁니다.

어쨌든 굳은 신념과 포천에서의 경험으로 힘든 행자수업을 무난히 마칠 수 있었습니다. 신원사 행자생활 후 법전 스님을 은사로 사미계를 받고 진짜 수행자의 길로 들어섰던 겁니다.

유한한 삶에서 깨달아야 할 것은

2001년 9월 11일, 미국 뉴욕의 한 여성은 평소와 다름없이 출근하다 비행기가 하늘을 낮게 나는 광경을 목격했습니다. 놀랍게도 그 비행기는 110층짜리 쌍둥이 빌딩으로 돌진했고, 이윽고 빌딩 속으로 빨려 들어가 엄청난 화염에 휩싸였습니다. 그녀의 눈에는 그 광경이 마치 신의 장난처럼 느껴졌다고 합니다.

당시 이슬람 무장단체가 자행한 동시다발적 항공기 납치와 자살 테러로 뉴욕 맨해튼에 있는 세계무역센터가 무너지고 워싱턴의 펜타곤까지 공격을 받았습니다. 당시 4대의 비행기에 타고 있던 승객 266명은 전원 사망했습니다. 이 사건으로 인한 사망자가 무려 3,500여 명에 이르렀지요. 이것이 2001년에 발생한 9·11 테러 사건입니다.

2011년 3월 11일 오후, 10미터 높이의 쓰나미가 일본 동북 연안을 덮쳤습니다. 평온하던 그 일대는 삽시간에 쑥대밭이 되었지요. 바닷물이 역류하여 도시의 공공시설과 주택, 자동차 등 모든 것을 파괴했으며 사상자도 무려 1만여 명이나 발생했습니다. 이것이 일본 지진 관측 사상 최악의 참사로 기록된 동일본 대지진입니다.

제 지인 중 한 사람은 2015년 2월 11일 라오스로 가기 위해 인천공항 가는 버스를 탔습니다. 그날따라 영종대교는 엄청난 안개가 시야를 가리고 있었습니다. 버스가 간신히 다리를 벗어나는 순간, 어디선가 '쾅' 하고 굉음이 났습니다. 그 짧은 순간에 그 구간을 지나던 차량들이 연이어 106중 추돌 사고를 일으켰고, 70여 명의 사상자가 발생했습니다. 다행히 제 지인은 간발의 차로 화를 피했다고 합니다.

2015년 11월 12일, 프랑스 파리에 있는 바타클랑 극장에 신원을 알 수 없는 괴한들이 난입해 공연을 보던 관객들을 향해 무차별적으로 총을 난사했습니다. 극장 안은 순식간에 아비규환이 되었고, 괴한들은 인질을 붙들고 대치하다가 결국 자폭한 뒤 사건이 종결되었습니다. 이 과정에서 100여 명이 사망하는 비극

이 일어났습니다.

이렇듯 지구상에는 셀 수 없이 많은 사건 사고가 매일매일 일어나고, 우리는 한 치 앞을 알 수 없는 세상 속에서 오늘을 살아가고 있습니다. 일촉즉발의 세상에서도 사람들은 마치 남의 일인 것처럼 태연하지요.

우리는 이 세상에 왔다가 반드시 돌아갑니다. 과연 그때가 언제일까요? 이에 대해 아는 사람은 아무도 없습니다. 위태로운 삶을 살아가면서도 위기를 자각하지 못하는 것이 사실 더 큰 문제입니다.

우리의 삶은 영원하지 않고 언젠가 끝을 맞이하게 됩니다. 부처님께서 출가하신 것도 이런 유한한 삶을 버리고 무한한 삶을 찾기 위해서였지요. 그렇다면 무한한 삶이란 무엇을 말하는 것일까요? 바로 정등각正等覺이고, '아뇩다라 삼먁삼보리심'이며, 깨달음입니다.

삶은 유한하고 누구에게나 단 한 번뿐입니다. 우리에게 주어진 단 한 번의 삶을 어떻게 살아야 할까요? 이에 대해 한 번쯤 생각해본 적이 있나요? 저는 노트에 한 가지씩 앞으로 수행하면서 화두로 삼아야 할 것들을 정리합니다.

'지금 나는 무엇을 하고 있는가?'

'내 삶의 목표는 무엇인가?'

'나는 나의 일과 삶에 어떤 가치를 두고 있는가?'

'미래의 나는 어떤 모습을 하고 있을까?'

'내가 머물렀던 자리에 나는 어떤 흔적을 남길 것인가?'

이런 질문들을 생각나는 대로 노트에 조목조목 적어두고 화두로 삼고 있지요. 만나는 사람들에게 이런 얘기를 하면 놀랍게도 자신의 인생에 대해 깊이 생각해본 사람이 거의 없었습니다.

미국의 한 교수는 9·11테러 이후 미국 사회에 일어난 작은 변화에 주목했습니다. 많은 사람들이 재난 복구를 위해 자신이 가진 돈을 기꺼이 기부했다는 사실이지요.

사람들은 절망과 충격을 함께 이겨낼 방법을 찾았습니다. 그동안 자기만을 위해 정신없이 뛰어다니던 생활을 잠시 멈추고, 삶과 죽음에 대해 깊이 숙고하기 시작했습니다. 죽음은 누구도 피할 수 없으며, 어느 날 갑자기 자신에게도 죽음이 닥칠 수 있음을 깨닫고 삶에 대해 겸허함을 배웠다고 합니다. 그리하여 그들이 던진 질문이 '삶은 유한하다. 이제 어떻게 살 것인가'라고 합니다.

사람들은 어려움이 닥치면 종교를 찾습니다. 종교에 귀의한다는 건 곧 마음의 평화를 얻는 일이지요. 깨달음이란 다른 게 아니라 욕심을 비우고 마음의 평화를 얻는 겁니다.

어쩌면 내가 어떻게 살겠다고 다짐하는 것도 일종의 욕심일지 모릅니다. 이마저도 내려놓고 자신에게 주어진 일에 최선을 다하는 것이 정각正覺이고 깨달음입니다.

나의 스승, 벽암 큰스님

출가한 뒤 처음으로 저에게 할아버지가 되시는 벽암 큰스님의 처소에 갔을 때입니다. 방장실은 한 평 남짓한 좁은 방으로 신원사의 사격寺格에 비해 너무 초라했습니다. 큰스님의 살림은 넓지만 진짜 살림은 작았지요. 하지만 큰스님은 청렴하게 사는 것이 수행자의 본분임을 알고 이를 실천하신 분입니다.

원래 '방장方丈'이란 말은 유마 거사의 방이 '일장사방一丈四方'이었다는 데에서 유래합니다. 말하자면, '한 칸 방에서 살고 있는 사람'이라는 뜻이지요.

신원사는 사천왕상과 범종각 아래로 논밭이 펼쳐져 있습니다. 이 땅들은 사찰의 재산으로 스님들이 오랫동안 개간한 것으로 알려져 있는데, 백제 의자왕 때 정치적 혼란 속에서도 승풍僧風

을 지킨 보덕 선사의 뜻이 서려 있는 곳이지요.

벽암 큰스님께서는 저를 보시자마자 인자한 표정으로 물어보셨습니다.

"허허, 그래 지낼 만하냐?"

"네, 큰스님."

"네가 평소에도 열심히 기도한다고 들었는데, 그래 네 살림살이는 어떠하냐?"

"초라합니다."

선지식이신 벽암 큰스님께서 저를 앉혀놓고 살림살이를 물어보시는 것은 뜻밖이었습니다.

"그래, 그래. 하지 못할 것은 아예 말도 꺼내서는 안 되는 거지. 그게 자신을 속이지 않는 일이지. 청정한 몸과 마음으로 열심히 하다 보면 된다."

큰스님께서는 말씀과 함께 하얀 봉투를 제 앞에 던지셨습니다.

"옜다. 그만 가보거라."

머릿속에 한 장면이 떠올랐습니다. 출가하고 얼마 후 속가의 어머니가 저를 찾아와 아들이 머리를 빡빡 밀고 절 마당을 분주히 오가는 모습을 보고 눈시울을 적시며 돌아서던 것을 큰스님께서 보셨지요. 저는 그런 어머니를 배웅조차 하지 못했습니다.

그 일을 기억하신 큰스님께서 이다음에 또 어머니가 오시면 식당으로 모셔가 공양이라도 대접하라고 봉투에 용돈을 넣어주셨던 거지요.

큰스님께서는 시봉을 두지 않고 대부분의 일을 스스로 하셨습니다.

"자기 공부하기도 바쁜데 언제 나를 시중들 시간이 있겠느냐? 출가자는 보시를 받아 공부하는 사람이다. 나중에 소로 태어나지 않으려면 촌각을 아껴 공부에 진력해야 한다."

가끔 큰스님께서 법문을 하러 먼 길을 떠나실 때 제가 운전대를 잡고 따라나서기도 했습니다. 속세의 습이 아직도 남아 있었던 저는 넓은 도로에 올라서면 신나게 속도를 내 달렸습니다. 누가 차선을 추월하기라도 하면 입에서 저도 모르게 욕이 나왔습니다. 그러면 큰스님께서 혼을 내셨지요.

"운전하는 걸 보니 아직 세속의 때가 벗겨지지 않았구나. 길이 막히면 다른 중생에게 길을 내어주는 법도 배우고, 천천히 갈 줄도 알아야 한다."

큰스님께서는 제 마음을 이미 꿰뚫어보셨던 거지요. 많은 세납에도 불구하고 선방을 드나들 때마다 대웅전을 향해 목례하시던 모습은 새삼 손상좌孫上佐로서 경이로웠습니다. 마치 생불生佛

을 곁에서 보는 것 같았습니다.

"햇살이 하도 좋아서 선방을 나온 김에 산문까지 산보를 갔다가 흐드러지게 핀 벚꽃을 보았지. 그것을 보자 나도 모르게 신세한탄이 절로 나오더구나. 젊은 시절에 공부하지 않아서 지금도 깨달음을 얻지 못했구나 하고 말이야. 그날 밤에 꿈을 꾸었는데 내가 다시 사람으로 태어났어. 그때 벌떡 일어나 그길로 법당으로 가서 부처님께 삼배하고, 기필코 성불하겠다고 다짐했지. 그후로는 대웅전만 보면 줄곧 목례를 하지."

곁에서 지켜본바, 큰스님께서는 한 번도 흐트러진 모습을 보인 적이 없었습니다. 똑같은 일을 반복하면서도 매사에 정성을 다하셨습니다.

큰스님께서는 마음을 보는 가장 좋은 방법으로 '묵언수행'을 권하셨습니다. 그래서 저는 지금도 마음이 번뇌로 들이차면 묵언수행을 자주 합니다.

큰스님께서는 또 계행戒行을 강조하셨습니다.

"청정한 몸에 청정한 정신이 깃드는 법이다. 불교 안팎에서 남을 헐뜯는 말들이 종종 나오는데, 우선 내 몸과 마음을 먼저 살펴야 하고, 그다음으로 남을 용서할 수 있어야 한다."

뿐만 아닙니다. 계율의 범위가 얼마나 섬세한 부분에까지 미쳐 있었던지 알려주는 말씀도 있습니다.

"이를 닦고 물로 입을 헹굴 때 반드시 앉아서 하거라. 서서 하면 옆 사람에게 물이 튀고, 또 미물에게는 서서 뱉는 물이 폭포수나 다름없으니 조심해야 한다."

큰스님께서는 2005년 세납 81세로 부처님께서 가셨던 길로 떠나셨습니다. 오래전 일이지만 지금도 큰스님의 가르침이 귓가에 생생합니다. 몸과 마음을 정靜에 두고 항상 마음을 닦아가는 것. 큰스님께서 저에게 남기신 가장 큰 가르침입니다.

있는 그대로의 모습이면 충분합니다.

사람은 본래의 마음일 때 가치가 드러납니다.

누군가를 돕고자 할 때 돕는다는 마음을 내거나,

누군가를 칭찬할 때 칭찬한다는 마음을 내거나,

누군가에게 선물할 때 선물을 한다는 마음을 내면

그 가치는 오히려 반감되고

기쁨도 오래가지 않습니다.

그냥 하니까 좋다는 마음으로 해보세요.

이 세상에 똑똑한 사람은 많습니다.
그런데 모두가 자기의 이익만을 추구한다면
이 세상이 어떻게 될까요?
나라가 잘되려면 똑똑한 이들이
남을 위해 베푸는 마음을 가져야 합니다.
그런데 실제로는 그 반대인 경우가 많으니
참 안타까운 일입니다.
그들이 누구일까요? 꼭 말해야 하나요?
영원한 물음입니다.

남에게 무언가를 주려는 사람은 마음이 당당합니다.

남에게 무언가를 얻으려는 사람은

비굴하고 구차한 마음이 들 겁니다.

그러나 주고받는 마음 이전으로 돌아가면

주고받는 마음이 자비심이라는 걸 알게 됩니다.

자비심을 제대로 알려면

열심히 마음을 닦고 수행해야 합니다.

그렇게 되면 당당한 마음이나

비굴한 마음조차 모두 사라지고

'참나'가 자리하게 됩니다.

그것을 두고 우리는 부처라고 합니다.

모두에게 좋은 사람으로 인정받고 싶은가요?

그런데 이것이야말로 과욕이 아닐까요?

모두가 나에 대해 좋게 말하는 건

모두가 나를 나쁘게 말하는 것과 마찬가지로

결코 바람직한 일은 아닙니다.

하물며 석가모니 부처님 당시에도

부처님을 비방하고 비난하는 무리가 있었으니까요.

모두에게 좋은 평가를 받으려고 애쓰지 마세요.

중요한 건 옳고 그름을 판단하는

자신의 냉철한 생각입니다.

가득 채워진 그릇에는
아무것도 담을 수 없습니다.
우리의 마음도 비어 있어야
무언가를 채울 수 있습니다.

———

어리석은 사람이
자신의 어리석음을 깨닫는다면
그는 곧 지혜로운 사람이다.
그러나 어리석은 사람이
자기를 지혜롭다고 생각한다면
그것이야말로 진짜 어리석은 것이다.

《법구경》

사람들은 신에게,

혹은 부처님이나 예수님에게

소원을 들어달라고 구걸하듯 기도합니다.

그러면 그분들이 원하는 바를 들어주실까요?

기도는 구걸이 아닙니다.

'소원을 이루기 위해 제가 이렇게 하겠습니다'라고

마음을 굳건히 하여 노력할 때 비로소 이루어집니다.

소원이 이뤄지길 바란다면 기도와

노력을 병행해야만 기도의 힘이 나타납니다.

이것이 바로 발원형 기도입니다.

그대에게 가는 오직 한길

새벽 기도를 마치고 설한당에서 설핏 잠이 들었나 봅니다. 방문을 열었더니 가을비가 붉은 낙엽들을 추적추적 적시고 있습니다. 산사에서만 맛볼 수 있는 아름다운 정취가 마음을 사로잡습니다. 당나라의 천재시인 두보나 이백, 조선의 김시습이라면 주옥같은 시 한 줄이 흘러나왔을 법한 풍경입니다.

산의 정취를 언제든 온몸으로 느낄 수 있다는 건 수행자에게 큰 행복입니다. 눈만 뜨면 산더미 같은 절간의 일들에 치여 파김치가 되곤 했던 행자 시절에는 이런 즐거움을 몰랐지만, 시간이 흐를수록 출가의 기쁨을 깨닫게 됩니다.

세상의 길은 여러 갈래이며 수천, 수만의 길이 우리 앞에 놓여 있습니다. 그중에서 수행자의 길을 선택한 것에 대해 저는 조금도 후회하지 않습니다.

요즘 사람들은 사소하고 하잘것없는 것들 속에도 아름다운 감동이 있다는 걸 잘 모르는 것 같습니다. 그저 눈을 현혹하는 휘황찬란한 것들에 열광하거나 값비싸고 예쁜 것들만 찾습니다. 자신의 욕망을 채우는 데 집착한 나머지, 정작 자신에게 소중한 것이 무엇인지 잊고 살아갑니다.

사물은 제자리에 있을 때 더욱 아름다운 법입니다. 사람도 마찬가지입니다. 교사는 교사의 자리에, 학생은 학생의 자리에, 남편은 남편의 자리에, 아내는 아내의 자리에 있을 때, 그 가치가 더욱 빛납니다. 남편이 있어야 할 자리에 있지 않고 엉뚱한 자리에 가서 딴짓을 하면 어떻게 될까요? 아내가 있어야 할 자리에 있지 않고 엉뚱한 곳에 가서 딴짓을 하면 또 어떻게 될까요? 자기가 있어야 할 자리를 지키지 못하면, 결국 파탄에 이르게 되는 게 바로 인생사입니다.

저와 같은 성직자도 마찬가지입니다. 스님은 스님의 자리에서 중생제도를 위해 열심히 수행하는 게 본분입니다. 천주교와 개신교의 성직자도 마찬가지입니다. 성직자가 본분을 망각하고 일탈을 하게 되면, 이 사회가 곧 자멸의 길로 가는 것은 당연지사입니다. 종교가 사회를 걱정해야 하는데 사회가 종교를 걱정하는 시대가 되어서는 안 됩니다. 성직자는 중생을 바른길로 인도하는 안내자입니다. 그러므로 성직자의 책임이 아주 막중합니다.

저는 이제 오직 한길만을 가고자 합니다. 부처님께서 왕자 시절 출가하여 설산에서 6년 동안 고행하시고 부다가야의 보리수 아래에서 새벽별을 보고 성불하셨듯이 저도 그 길을 가고자 합니다.

부처님의 십대 제자인 부루나 존자처럼 고행의 길을 가고자 합니다. 누군가가 저에게 욕을 하면 돌과 몽둥이로 때리지 않는 것을 고맙게 생각하고, 만약 몽둥이로 때린다면 칼로 찌르지 않는 것을 다행으로 생각하고, 누가 칼로 찌르면 죽이지 않는 것을 고맙게 생각하고, 만약 저를 죽인다면 육신을 가벼이 여겨 스스로 목숨을 끊는 사람들도 있는데 이들이 저의 수고를 덜어준다고 생각하겠습니다.

물론, 이처럼 인내하는 것은 극히 어렵고, 성불로 가는 길은 결코 쉽지 않은 길입니다. 눈앞에 폭설이 쌓여 있으면 치우고, 철조망이 가로막혀 있으면 걷어내고, 길이 없으면 스스로 길을 내겠습니다.

이미 저는 부처님께 남은 생애를 바치기 위해 출가한 사문입니다. 번뇌 망상의 주범인 육근六根을 다스리며 하루하루 수행하겠습니다. 꽃과 나무와 돌처럼 작고 사소한 것들과 생명이 있는 모든 것들을 사랑하겠습니다.

진리는 먼 데 있는 게 아니라 가까이 있음을 알겠습니다. 위로는 깨달음을 구하고 아래로는 중생을 제도하기 위해 '상구보리 하화중생上求菩提下化衆生'을 실천하겠습니다.

부처님에게 가닿을 수 있는 길은 오직 이 길뿐임을 명심하겠습니다.

몸은 산중에, 마음은 세상에

이름을 대면 알 만한 중소기업 대표가 기도도 할 겸해서 무량
사에 일주일 동안 머문 적이 있습니다. 어느 날 저녁에 잠시 짬
을 내어 그와 차담을 나누는 자리였습니다.

"산사에서 지내시니 기분이 어떠신가요?"

"몸은 산속에 있는데 마음은 온통 회사에 가 있습니다."

저는 그 순간 그분의 눈빛을 바라보았습니다. 몸은 분명 산중
에 있는데 마음은 세속의 일로 가득한 게 제 눈에 보였지요. 차
담 중에도 그분에게 계속 전화가 왔습니다. 기업의 대표이니 그
럴 수밖에 없겠다 싶었지만 측은한 생각마저 들었습니다.

"쉬려고 왔으면 마음을 내려놓으셔야지요. 몸은 산중에 있고
마음은 세속에 있으면 더 병이 납니다."

"그러게요. 잘되지가 않네요."

사실, 말은 그렇게 했지만 저도 그런 적이 많았지요. 산사에서 살다 보면 가끔 사람 냄새가 시절 없이 그리워지기도 하고, 세속에 두고 온 부모님과 동생들이 눈에 선하게 밟히는 날도 있습니다.

인연을 끊는다는 게 결코 쉬운 일은 아니지요. 산중에 쿡 박혀 살면서도 솔직히 말하면 저도 사람들을 많이 그리워했지요. 출가를 하고도 한동안 미련이 남아서 좀처럼 인연의 끈을 놓지 못했던 겁니다.

저는 차 한 잔을 그분 앞에 내놓았습니다.

"차가 맑고 향기롭습니다. 드세요."

"스님, 사람의 마음은 참 간사한 것 같습니다. 비우고 내려놓으려고 산중에 왔지만 마음은 세속의 일로 더 어지럽네요."

"그럴수록 비워야 하지요."

"네, 스님."

저는 그의 눈빛을 찬찬히 바라보면서 재미있는 이야기를 하나 들려주었습니다.

"거짓말의 종류에는 세 가지가 있습니다. 뭘까요?"

"잘 모르겠네요."

"바로 새빨간 거짓말, 하얀 거짓말, 회색 거짓말입니다. 그 뜻이 무엇인지 아시나요?"

"각각의 거짓말에 담긴 뜻이 뭘까요?"

"하하. 새빨간 거짓말은 자기가 하는 말이 거짓인 줄 알고 하는 것이고, 하얀 거짓말은 선의로 하는 거짓말이고, 회색 거짓말은 이것도 저것도 아닌 거짓말을 말합니다. 우리는 살면서 수없이 거짓말을 하지요."

"재미있네요."

출가를 하고 난 뒤 저는 친구들과 가족들에게 깨달음을 얻으려고 스님이 되었다고 말했지요. 하지만 사실, 새빨간 거짓말이었습니다. 생각해보면 제가 산중으로 들어온 것은 일종의 도피나 다름없었고, 저는 뒤늦게 그것을 깨달았던 거지요. 스님으로서의 삶을 살겠다고 한 것은 하얀 거짓말이요, 열심히 수행하고 있다는 말은 회색 거짓말입니다. 이를 참회하면서 지금껏 살아왔던 겁니다.

"우리 대표님은 거짓말을 잘하시나요?"

"저는 제 인생에 대해 거짓말을 하고 있습니다. 정말 열심히 일해서 돈을 많이 벌고 싶었지만 사업이란 게 그렇지 못했습니다. 돈을 벌기 위해서 새빨간 거짓말도 하고, 선의의 거짓말도 하고, 상대방의 환심을 사기 위한 거짓말도 했습니다. 하지만 어떤 거짓말을 하더라도 괴로움이 일어났지요."

우리는 살아가면서 거짓말로 수많은 업을 짓고 있습니다. 그래서 부처님께서는 모든 것을 내려놓고 진실하게 살라고 했던 겁니다.

모든 삶은 고통의 연속입니다. 누구든 스스로 번뇌를 만들고 있는 거지요. 이젠 그 번뇌조차 놓아버려야 합니다.

차담을 하다 보니 어느새 밤이 깊었습니다. 바람에 낙엽 지는 소리가 들리는 걸 보니 가을이 더욱 깊어진 것 같습니다.

산사에 폭설이 내릴 때

밤부터 눈발이 날리더니 이른 새벽이 되자 산사가 폭설에 잠겼습니다. 눈이 많이 내린 날이면 절 입구에서부터 대웅전까지 쌓인 눈을 모두 치워야 하기 때문에 정신없이 바쁜 하루가 시작됩니다.

마당을 지나가다 눈을 치우던 어린 행자가 주절주절 불평을 늘어놓는 걸 우연히 듣게 되었습니다.

"빌어먹을 눈은 왜 이렇게 많이 내려서 나를 힘들게 하나."

저는 행자를 조용히 불렀지요.

"이놈아. 눈 치우는 일이 그렇게 힘들면 절집을 나가거라."

"스님, 제가 잘못했습니다."

행자의 눈가에 그렁그렁 눈물이 맺혔습니다. 꾸지람을 해놓고도 내심 어린 행자가 안돼 보여서 목욕하라고 얼마 되지 않는 돈을 집어 주었더니 얼른 호주머니에 넣고선 신나게 눈을 치우기 시작합니다.

행자에게 절집생활이 힘든 것은 당연합니다. 하지만 오늘 해야 할 일을 내일로 미룰 수 없는 것이 절집의 일이지요. 절에 오는 신도들이 불편함을 느끼지 않도록 미리미리 눈을 치워놓아야 하니 눈이 많이 내린 날은 몸과 마음이 어쩔 수 없이 고단하긴 합니다.

옛날과는 달리 요즘 들어오는 행자들은 인내심이 많이 부족합니다. 일이 조금만 힘들어도 표정이 달라집니다. 마음이 덜 여문 상태로 머리 깎고 절집에 들어온 탓이지요.

저 역시 그랬습니다. 사업에 실패하고 죽지 못해 살다가 절집에 들어온 저로선 그 행자의 행동을 십분 이해할 수 있었지요. 어린 나이에 오죽하면 절집에 들어왔겠나 싶지만, 그렇다고 행자에게 동정심을 가지는 건 금물입니다. 그런 마음가짐으로는 절집생활을 애초부터 견디기 힘들기 때문이지요. 그래서 되도록이면 속세에서의 사연을 묻지 않고 다만 마음으로 이해하고 위안을 주려고 합니다.

절에 들어온 지 겨우 한 달 남짓 된 어린 행자를 나무랄 생각은 추호도 없습니다. 자칫 마음을 내어서 겨우 시작한 절집생활이 더 힘들어지면 안 되기 때문이지요.

만약 일이 힘들다고 산을 내려가겠다는 행자가 있으면 붙잡지 않습니다. 절집생활을 해보고 자신의 뜻에 맞으면 출가하게 되는데, 대개 한 달을 못 넘기고 아무 말도 없이 그냥 가버립니다. 그런 행자는 거기까지가 그의 인연인 겁니다.

신원사로 출가하여 비구계를 받았을 때 저는 불교 공부가 전혀 되어 있지 않은 상태였습니다. 은사이신 법전 스님이 '부처님'과 '부처'의 차이를 물었을 때 저는 그 질문의 의미조차 모르고 있었지요.

은사 스님은 저에게 출가란 '행복의 길'이라고 늘 말씀하셨습니다.

"중노릇은 수행을 통해 깨달음으로 가는 길이다. 석가모니 부처님은 이 우주 공간에 가득 차 있는 진리를 처음으로 깨달으신 분이며, 진리는 누가 만든 것이 아니라 본디부터 우리 가까이에 늘 있던 것이다. 그것을 부처님께서 수행을 통해 발견하고 깨달으신 것뿐이다. 그러므로 부처님의 가르침을 받아 깨달음을 위해 수행하는 자가 바로 부처다."

부처는 누가 만들어주는 것이 아니라 스스로 이루는 겁니다. 나와 함께 호흡하고 있는 꽃과 바람과 새소리 등등 삼라만상이 모두 부처라고 할 수 있습니다. 뿐만 아니라 내가 지금 만나는 모든 사람들이 부처이며, 눈 내린 산사의 마당을 치우고 있는 행자도 부처입니다. 그런 부처의 입에서 상스러운 말이 흘러나와서는 안 된다는 겁니다.

그날 저녁, 행자를 불러 조용히 타일렀습니다.

"이놈아, 힘들더라도 참고 견뎌야 한다. 눈을 치우는 일이 당장은 귀찮을지라도, 그게 다 귀찮음으로부터 벗어나기 위한 수행이란 말이다. 네가 눈을 말끔하게 치우면 오고 가는 사람들의 마음이 얼마나 행복하겠니? 그런 마음가짐으로 눈을 치우면 너도 힘들지 않고 행복하겠지?"

"잘 알겠습니다, 스님. 이제 저 무량사를 안 나가도 되지요?"

"그래, 그래."

어린 행자는 생글생글 웃으면서 방을 나갔습니다.

"힘들더라도 참고 견뎌야 한다." 이 말은 행자뿐만이 아니라 저 자신을 찌르는 날카로운 일침이었지요.

일 없음이 오히려 내가 할 일

경허 스님의 선시禪詩 중에 "일 없음이 오히려 내가 할 일[無事猶成事]"이란 구절이 있습니다. 몇 해 전에 타계한 최인호 소설가는 이 선시를 읽고 한 방 두들겨 맞은 느낌으로 장편소설《길 없는 길》을 썼다고 합니다.

경허 스님의 이 선시를 읽고 한 달간 휴대폰조차 꺼버리고 요사의 방문을 걸어 잠근 채 칩거한 적이 있습니다. 절 살림은 사무장에게 맡기고 종문宗門이나 신도들과도 소식을 끊은 채 오직 독서에만 열을 올렸지요.

무량사 주지 소임을 맡은 뒤 안거에 들어가지 못해서 몸과 마음이 많이 지쳐 있었는데, 지나고 보니 그 한 달간의 칩거가 제게 큰 행복을 안겨주었지요. 혼자 조용히 책을 읽거나 글을 쓰고 참선에 들었던 시간이 오히려 마음을 풍요롭게 했던 겁니다. 그러고 보니 경허 스님이 왜 "일 없음이 오히려 내가 할 일"이라고 했던가를 새삼 느낄 수 있었지요.

어느 날은 방문을 걸어 잠그고 책을 읽는데 갑자기 하염없이 눈물이 흘러내렸습니다.

남자가 흘리는 눈물이 어떤 의미를 지니는지 아직 잘 모르겠습니다. 그것도 스님의 눈가에 흐르는 눈물이라니! 참 오랜만에 흘려보는 눈물이었습니다. 어릴 적에도 감성이 깊어서 사소한 일에 자주 눈물을 보이곤 했었지요.

어쨌든 한 달간의 칩거가 끝나고 다시 산문을 오르내렸습니다. 누가 보면 그동안 몸이 아파서 누웠었나 생각할지도 모르지만 어차피 스님은 수행자입니다. 그러고 보면 주지 소임은 성직자에게 또 다른 짐일 수밖에 없습니다. 절의 살림이며, 불사며, 모든 것이 꼭 짜진 일과에 따라 움직여야 합니다. 그러니 몸과 마음이 힘들 수밖에 없습니다.

수행자의 벗은 바람과 꽃과 나무입니다. 그 자연을 벗 삼아 홀로 중얼거리기도 합니다. 경허 선사는 할 일이 없었던 게 아니라, 그 자연을 벗 삼아 선시를 쓰면서 유유자적했던 겁니다. 제가 모든 일을 내려놓고 한 달간 두문불출했던 것은 그런 경허 선사를 흉내 내고 싶었는지도 모릅니다.

　그 짧은 칩거 중에 저는 깨달았습니다. 내가 꿈꿔왔던 성불의 길이 도처에 있음을. 그러니 당신도 한 번쯤 휴대폰을 끄고 조용한 곳으로 들어가 홀로 시간을 가져보는 건 어떨까요?

어떤 청년의 출가

조계종 스님들은 결혼하지 않습니다. 결혼과 사랑을 이야기하는 것조차 철저한 금기사항이지요. 인간으로 태어나서 사랑하는 사람과 함께할 수 없다는 건 괴로운 일이지만, 이 또한 수행의 한 과정입니다. 스님들은 결혼하지 않는다는 조건만으로도 힘든 수행을 감당하고 있는지도 모릅니다.

부처님께서는 출가 전에 야소다라 공주와 결혼하여 라훌라라는 아들을 두었고, 성철 스님은 결혼한 뒤에 출가하여 뒤늦게 딸이 태어난 것을 알았지요. 두 분의 공통점은 그 자녀도 모두 출가했다는 사실입니다.

누군가를 사랑한다는 건 인간의 원초적 본능입니다. 솔직히 말하자면, 출가하기 전 저에게도 사랑하는 한 여인이 있었지요.

지금은 출가 수행자로 살아가고 있지만, 저 역시 인간이기 때문에 젊었을 때 만났던 그 여인이 가끔씩 생각나는 건 어쩔 수 없습니다. 하지만 그 사랑을 지금 말해본들 무엇하겠습니까. 그리움은 그저 소금처럼 하얗게 남을 뿐입니다.

어느 날 한 젊은이가 출가를 하겠다며 무작정 무량사를 찾아왔습니다. 그는 대학을 졸업하고 직장생활을 하던 중 남동생과 어머니를 교통사고로 잃었다고 했습니다. 말할 수 없이 큰 충격이었기에 그 후로 직장생활이 원만하지 못했고, 말수도 줄어들고, 우울증이 겹쳤다지요.

그는 마음을 달래기 위해 지인의 소개를 받아 충청도의 작은 암자에 며칠간 머물렀습니다. 그곳에서 만난 스님과 대화를 나누던 중 출가에 대한 마음이 싹트기 시작했다고 합니다. 남동생과 어머니의 죽음, 그리고 삶에 대한 회의가 그를 힘들게 했던 거지요.

스님이 되겠다는 결심은 날이 갈수록 굳어갔고, 마침내 출가를 작심하고 무량사를 찾아왔던 겁니다. 하지만 그는 그런 사연에 대해 아무 말도 하지 않았습니다. 미소년의 얼굴을 한 그가 어떻게 힘든 행자생활을 버텨낼 수 있을지 한편으로 걱정됐습니다.

"자네는 왜 스님이 되고자 하나?"

"그냥…… 평생 수행하면서 살고 싶습니다."

저는 더 이상 묻지 않고 그에게 요사의 방을 내어주며 보름만 생각해보라고 했습니다.

그 후로 보름 동안 그는 새벽에 일어나 함께 기도하고 울력하며 조용히 시간을 보냈습니다. 그리고 보름이 지난 뒤 그를 불러 마주 앉았습니다.

"자네 나이가 서른하나랬나? 이제 마음의 결정을 내려야지."

그는 한참 동안 묵묵부답이다가 이윽고 입을 열었습니다. 어머니와 남동생의 갑작스런 죽음, 그리고 자신에게 약혼녀가 있다는 사실을 처음 고백했습니다.

그의 말을 듣고 참 난감했습니다. 일시적으로 삶에 회의를 느끼고 산속으로 들어온 이들은 대개 며칠이 지나면 다시 제 발로 절을 나갑니다. 그런데 이 사람은 그렇지 않았던 거지요.

저는 그에게 승가의 규율과 계율 그리고 정식으로 스님이 되기까지 거쳐야 할 과정들을 상세하게 들려주고, 이 같은 과정을 겪어야 비로소 스님으로 인정받을 수 있다고 했습니다. 저의 출가 동기를 들려주자 그는 말없이 눈물을 흘렸습니다.

"자네 약혼녀에게는 출가하겠다는 말을 했는가?"

"아직 하지 않았습니다."

"사랑하는 사람을 두고 출가한다는 게 쉬운 일은 아닐 텐데…… 그 여인이 받을 상처는 어쩔 텐가?"

"출가한 뒤에 조용히 말하겠습니다."

"세속의 인연은 그렇게 삭둑 잘라버릴 수 있는 게 아니네. 만나서 매듭을 풀 듯 한 올씩 풀어야지. 그렇게 인연의 매듭을 다 풀었다고 생각되면 다시 내게로 오게나."

그의 마음속에 깃든 번뇌란 이루 말로 다할 수 없었겠지요. 한참 동안 생각하던 그는 다음 날 이른 새벽 산을 내려갔습니다. 그의 뒷모습을 지켜보면서 저는 말없이 그의 앞날을 응원했습니다. 시간이 지나면 그도 언젠가 깊은 상처가 아물겠지요.

그로부터 3년이 지난 뒤, 그에게서 안부전화가 왔습니다. 그는 결혼해서 잘 살고 있다는 소식을 전했습니다. 그 이야기를 듣고 제 마음이 흡족했습니다. 그가 마음속 아픔을 모두 지우고 사랑하는 가족과 함께 행복하게 잘 살기를 바랄 뿐입니다.

출가는 세속과의 인연을 끊는 일이기에 정말 굳은 의지가 필요합니다. 그럴 자신이 없다면 스님의 길을 포기해야 합니다. 이것이 바로 수행자의 삶입니다.

덧셈과 뺄셈을 하지 않아도 되는 삶

화창한 봄날, 절집에 들어온 지 겨우 한 달이 지난 행자와 함께 무량사 숲길을 걸었습니다. 어린 행자는 기운이 좋아서 오르막 산길을 성큼성큼 잘도 오릅니다.

"스님은 사람들도 없는데 천천히 걷기만 하세요?"

"이 숲에는 우리 말고도 많은 짐승과 벌레들이 살고 있지. 그것들이 내 발자국 소리에 놀랄까 봐 느릿느릿 걷고 있는 거다."

행자의 당돌한 물음에 저는 이렇게 말했지요. 행자는 한 달 전쯤 출가하고 싶다며 배낭을 메고 무작정 무량사로 찾아온 아이입니다. 그런 사람이 오면 먼저 인적사항 등을 자세히 묻기 마련인데, 첫눈에 눈동자가 맑고 선해 보여서 나이만 묻고선 방을 내주었지요.

행자는 절에 들어온 다음 날부터 새벽예불에 동참했습니다. 나중에 알게 된 사실인데, 행자의 할머니가 비구니여서 절의 예법을 잘 안다고 했지요. 그런 아이가 대견하고 믿음직해서 행자 수업을 마치면 상좌로 삼고 싶다는 마음이 들었습니다.

어디선가 고운 새소리가 귀를 간질입니다. 평일의 무량사 숲길은 고요하다 못해 적막하기까지 합니다. 문득 걸음을 멈추고 행자에게 말했습니다.

"너는 젊어서 산길을 빨리 걷지만, 나도 너 못지않게 발이 빠르다 이놈아. 산책도 다 수행이야. 나무의 빛깔이 푸른지 붉은지, 바람이 서쪽에서 부는지 동쪽에서 부는지 알아야 제대로 절집 사람이 되는 거다. 마음이 외롭거든 가끔 이 숲길을 홀로 걸어보거라."

무량사는 아름다운 자연에 둘러싸인 천년고찰입니다. 조선 초기의 학자이자 문인이었던 매월당 김시습은 무량사에서 말년을 보내며 다음과 같은 한시를 남겼습니다.

새로 돋은 반달이 나뭇가지 위에 뜨니
산사의 저녁 종이 가장 먼저 울리네.
달그림자 아른아른 찬 이슬에 젖는데
뜰에 찬 서늘한 기운 창틈으로 스미네.

아마도 김시습은 전각에 앉아서 나뭇가지 위에 떠오른 반달을 보고 저녁 종소리를 들으며 깊은 사색에 젖었던가 봅니다. 달그림자는 그의 마음과 같이 찬 이슬에 젖고 서늘한 바람만 불어왔는지도 모릅니다.

김시습의 호는 매월당梅月堂입니다. 뛰어난 유학자였던 그는 세조가 단종으로부터 왕위를 탈취하자 벼슬을 버리고 절개를 지킨 생육신의 한 사람입니다. 그는 단종의 복위를 꾀하다가 죽음을 당한 사육신들과는 달리, 평생 초야에 묻혀 두문불출하면서 단종을 추모했지요. 그는 말년을 무량사에서 보내며 승僧도 아니고 속俗도 아닌 상태로 광기의 삶을 살다 간 천재이자 자유인이었습니다.

무량사에는 주름진 미간, 찌푸린 눈썹에 우수 띤 얼굴을 한 매월당의 영정이 모셔져 있습니다. 숭유억불 정책을 폈던 왕은 김시습을 승려보다는 성리학자로 생각했지만, 오늘날은 시인으로 우리에게 잘 알려져 있지요.

행자와 함께 김시습의 영정이 모셔진 전각에 들어가서 향을 사르고 절을 올렸습니다. 무량사의 가풍家風은 오래전 매월당이 심어놓았는지도 모릅니다. 스님이자 시인, 성리학자로서 올곧은 삶을 살다 간 그의 혼이 지금 한 줄기 연기가 되어 산사를 적시고 있습니다.

김시습이 속세를 떠난 이유는 바로 자연인으로 살고 싶다는 욕망 때문이었겠지요. 저는 행자에게 스님이 되려는 이유에 대해 물었습니다.

"그냥 멋있어 보여서요."

참으로 고마운 대답이었습니다. 돈과 명예가 삶의 목표가 되어버린 시대에 수행자로 산다는 건 고독하기도 하지만 때론 멋있어 보일 수도 있습니다.

덧셈과 뺄셈을 하지 않아도 되는 삶, 그것이 바로 수행자의 삶입니다. 욕심은 채울수록 커지는 법이지요. 백만장자에게는 백만 가지 걱정이 있다고 합니다. 그러나 가진 것이 아무것도 없는 수행자는 걱정할 일이 없습니다. 이것이 바로 행복한 수행자의 삶이 아닐까요?

휴대폰에 관한 명상

어느 날 전화를 걸다가 휴대폰을 보고 깜짝 놀란 적이 있습니다. 저장된 전화번호가 무려 천 개가 넘었기 때문입니다. 그중에는 1년 내내 통화 한 번 하지 않은 분들도 있는데, 내가 이렇게 많은 사람들과 인연을 맺고 사는구나 싶었지요. 그리고 '내가 정말 수행자인가' 하는 의심이 일어났습니다.

휴대폰에 저장된 많은 이름들을 하나씩 떠올려보고선 마음이 뒤숭숭해졌습니다. 올바른 중노릇을 하려면 수많은 인연들을 지워야 하지만 그게 어디 쉬운 일인가요?

어떤 스님은 SNS를 잘 활용해서 많은 팬을 거느리고 내는 책마다 베스트셀러가 된다 하니 한편으로 부럽고 한편으로 안타까운 마음이 들기도 합니다. 세상의 소리와 말로부터 시달림을 당하는 것도 크나큰 고통이니 말입니다. 이 책을 읽고 있는 당신도 휴대폰에 저장된 번호를 헤아려보면 아마 깜짝 놀랄 겁니다.

우리는 이렇게 많은 인연과 관계를 맺고 살아가야만 할까요? 그중에서 진정한 교감을 나눌 수 있는 사람은 몇이나 될까요? 나를 진심으로 이해하고 사랑하는 사람은 몇이나 될까요?

휴대폰에 저장된 수많은 번호를 정리하고 싶었지만, 막상 어떤 이의 번호를 지워야 할지 선별하기가 꽤 어려웠습니다. 어쩌면 당신도 똑같은 경험을 했을지 모릅니다. 누구에게든 좋은 인연과 나쁜 인연이 있어서 이 사람의 전화는 받고 싶고, 저 사람의 전화는 받고 싶지 않다고 은연중에 분별합니다. 그럴 바에는 차라리 과감하게 휴대폰에 저장된 번호를 지우는 게 좋지 않을까요?

한번은 외출 중에 처음 보는 번호가 휴대폰에 찍혔습니다. 모르는 번호라 전화를 받지 않았습니다. 전화를 거신 분은 저를 만나러 왔다가 연락이 닿지 않자 서울로 돌아가고 말았습니다. 나중에서야 그 사실을 알고 사과했던 기억이 나는데, 이처럼 휴대폰은 없으면 불편한 계륵 같은 물건입니다.

예전에는 지인의 전화번호를 수십 개씩 외우고 있었지만, 요즘에는 이름만 누르면 자동으로 전화를 걸 수 있어서 번호를 외울 필요가 없습니다. 그래서 가족의 번호는 물론이고 자신의 휴대폰 번호조차 모르는 사람도 있다고 합니다.

　우리는 수많은 관계 속에서 살고 있습니다. 그 인연들은 누가 맺어준 게 아니라 바로 우리들 자신이 만들어온 겁니다. 그러나 그 인연들을 모두 끌어안고 사느라 내 삶이 고통스럽진 않은지 돌아볼 필요가 있습니다. 살면서 모든 인연을 다 끌어안을 수는 없습니다. 만나서 괴롭기만 한 인연이라면 붙들지 말고 그냥 떠나보낼 줄 아는 것도 용기입니다.

마음의 병, 육신의 병

석가모니 부처님 당시에 기원정사 북쪽에 한 비구가 살았습니다. 그는 시름시름 병을 앓다가 6년 동안 누워 있었는데, 이 이야기를 듣고 부처님의 제자인 우바리가 그를 찾아갔습니다.

"그대는 무슨 병으로 고생하고 있는가? 먹고 싶은 것이 있으면 나에게 말하라."

비구가 대답했습니다.

"지금 먹고 싶은 게 있지만 말할 수 없습니다."

"내게 말하면 사방으로 다녀서 구해주겠다."

"부처님의 가르침에 어긋나는 일이므로 말할 수가 없습니다."

"상관없으니 말해도 된다."

우바리가 재촉하자 비구는 자신의 병에 대해 말했습니다.

"술을 먹지 못해서 생긴 병입니다. 술을 닷 되만 마시면 제 병이 나을 것입니다."

우바리는 부처님에게 비구의 말을 전했습니다.

"비구가 병이 들어서 술을 약으로 쓰려고 합니다. 술을 마시게 해도 되겠습니까?"

부처님께서 말씀하셨습니다.

"나의 계법戒法에서 병자는 제외되느니라."

우바리는 곧 술을 구해주었고, 그 비구는 술을 먹고 병이 나았다고 합니다.

부처님의 십대 제자 중 한 사람인 우바리와 한 비구의 이야기는 《분별공덕론分別功德論》에 실린 내용입니다. 이 이야기는 우리에게 한 가지 교훈을 던져주고 있습니다.

가만히 살펴보면, 병을 얻은 비구가 계를 어기고 술을 마셨다는 사실은 중요한 게 아닙니다. 병의 원인을 파악하고 그에 맞는 처방을 해서 병든 비구를 살린 부처님의 사려 깊은 마음에 그 요지가 있음을 단박에 알 수 있습니다.

물론 비구가 술을 마시는 것은 계율을 어기는 일입니다. 그런데 부처님께서는 단호한 처방으로 죽어가는 비구의 목숨을 살렸습니다. 병든 비구가 건강을 회복해서 다시 힘을 얻어 수행할 수 있다면 전화위복이 아닐까요? 만약 당신이라면 어떤 처방을 내렸을까요? 어쩌면 술을 먹는 것은 계율을 어기는 일이라며 병든 비구의 청을 일언지하에 거절했을지도 모릅니다.

우리가 부처님의 방편을 통해서 배워야 할 것이 있습니다. 버려야 할 것은 과감히 버리고, 얻어야 할 것은 기꺼이 구하는 것. 세상을 살아가면서 어쩔 수 없이 계율을 어기게 됐을 때, 전화위복의 계기가 될 수 있다면 때로 방편도 필요하다는 부처님의 경책입니다.

현대인들은 누구나 마음의 병을 하나씩 앓고 있습니다. 하고 싶지만 해서는 안 되는 일, 하지 못해서 생기는 온갖 스트레스로 괴로워합니다. 그런데 이 스트레스는 누가 만드는 걸까요? 바로 자기 자신이 만들고 있습니다.

스트레스가 마음의 병으로 이어져 육신을 괴롭히는 것이 더 큰 문제입니다. 육신의 병은 고치면 되지만, 마음의 병은 오래 내버려두면 큰 병이 될 수 있습니다. 마음의 병을 치유해야 육신의 병도 낫는다는 걸 잊지 말아야 합니다.

많은 사람들이 행운을 바라지만
행운은 노력한 자에게만 찾아옵니다.
복이든 운이든 그냥 오는 법은 없습니다.
행운도 자신이 만들어가는 것이고
복도 자신이 짓는 것입니다.
그냥 흘러가는 삶이 아니라
마음먹은 대로 이루어가는 삶의 길로 나아가세요.

———

나의 진실한 마음이
다른 사람의 마음을 움직입니다.
애타는 마음을 억지로 감추지 마세요.
남에게 먼저 다가가 당신의 마음을 전하세요.

사람들은 자기 자신을 잘 모르겠다고 합니다.

자신이 모르면 남편이나 아내, 자식들이 잘 알까요?

엄밀하게 말하면 가족도 타인일 뿐입니다.

내가 아프면 누가 대신 앓아주나요?

내가 배고프면 누가 대신 밥을 먹어주나요?

이 세상에서 나를 가장 잘 알고,

내 마음을 다스릴 수 있는 사람은

오직 나 자신뿐입니다.

그가 어떤 사람인지,

그가 무엇을 원하는지,

그의 말투와 행동을 보면 알 수 있습니다.

따뜻하고 인자한 말은

상대의 마음을 편안하게 하고,

남이 하기 싫어하는 일을 내 일인 양

솔선수범하는 사람은 신뢰를 줍니다.

당신은 어떤 사람이 되고 싶은가요?

애초부터 평탄한 길은 없습니다.

그냥 자기 앞에 놓인 길을 가세요.

'나는 어떤 길을 가겠다' 혹은

'이 길이 바로 내 길이다'라고 할 만큼

인생에 정해진 길이란 없습니다.

가다 보면 길이 보입니다.

가는 길에 큰 돌이 있으면

그것을 치울 방법을 생각하고,

강이 가로막고 있다면

그 강을 건널 방법을 생각하면 됩니다.

그게 바로 산다는 것입니다.

사람의 마음을 얻으면

그 몸이 따라옵니다.

그러나 그 사람의 몸을 얻는다고 해서

마음까지 얻을 수는 없습니다.

자신이 부처가 되지 않고서

어찌 부처의 몸을 얻을 수 있을까요.

먼저 마음을 깨끗하게 가져야 합니다.

| 3부 |

하늘 아래
가장 소중한 당신

마음의 경계에서

번뇌와 깨달음은 하나

누구에게나 자기만의 번뇌가 있습니다. 다른 말로 하면 근심 걱정이지요. 도대체 이 근심 걱정은 누가 만드는 걸까요? 남이 만들어 안겨주나요? 아니죠. 바로 자신이 만듭니다. 자기에 대한 집착으로 일어나는 갈등이 곧 번뇌인 겁니다.

욕심을 갖지 않으면 번뇌도 일어나지 않습니다. 아무리 돈이 많고 명예가 높다 하더라도 근심 걱정이 끊이지 않는다면 돈과 명예가 무슨 소용일까요?

하나를 취하면 또 다른 무언가를 원하게 되고, 또 하나를 가지면 그보다 더 큰 것을 가지고 싶은 것이 사람의 마음입니다. 재물이 많은 사람은 자기 것을 지키려고 애쓰니 그만큼 걱정이 많습니다. 재물이 많으면 많을수록 그것을 지키는 데 집착하고, 더 많은 힘을 쏟게 됩니다. 그러면 어떻게 될까요? 근심 걱정이 기하급수적으로 늘어나 행복을 갉아먹기 시작합니다. 이 모든 게 바로 자기에 대한 지나친 집착에서 오는 병이지요.

욕심으로 인해 생기는 번뇌를 제어하지 못하면 괴로움이 커져서 나중에는 자신은 물론이고 남에게도 화의 원인이 됩니다. 이로 인해서 어리석은 생각이 일어나게 되지요. 그래서 부처님께서는 욕심, 성냄, 어리석음을 세 가지 맹독이라고 했습니다. 이 맹독이 눈, 귀, 코, 혀, 몸, 뜻인 육근六根에 스며들어서 마침내 몸과 마음을 망가뜨리게 됩니다. 참으로 무섭지 않은가요?

삼독을 다스리지 못한다면 이로 인해서 미혹함, 잠듦, 물듦, 흐름, 얽매임에 젖어들게 되고, 마침내 게으름과 불신, 경망스러움, 교만 등 스무 가지가 넘는 번뇌에 휘둘리게 됩니다. 이와 같이 중생이 마음 따라 만들어내는 온갖 번뇌를 티베트에서는 '수번뇌受煩惱'라고 합니다. 스스로 번뇌를 만들고 스스로 번뇌에 빠지는 걸 말합니다.

불교에서는 팔만 사천 번뇌 또는 108번뇌라고 표현합니다. 여섯 가지 감각을 중심으로 과거, 현재, 미래에 걸친 세 가지 선택지가 바로 108번뇌입니다. 그러므로 108번뇌란 딱 108가지 번뇌가 아니라 한량없는 번뇌를 말합니다.

대승불교에서는 108번뇌를 가리켜 '깨달음'이라고도 합니다. 깨달음이 곧 108번뇌라는 말은 '번뇌의 성품이 곧 비었음을 깨닫는 것'을 말합니다. 번뇌가 곧 깨달음이고, 깨달음이 곧 108번뇌임을 알고 이를 비움으로써 번뇌를 극복하는 방법이 바로 깨달음의 첩경이라고 말합니다. 쉽게 말하면 번뇌와 깨달음은 둘이 아닌 하나라는 뜻입니다.

선불교에서는 화두참선을 통해서 108번뇌를 물리쳐야 한다고 말합니다. 이와 달리 초기 불교에서는 독각, 연각, 성문, 벽지불처럼 혼자서 깨달음을 얻는 소승관을 설파했습니다. 오늘날 대승불교에서는 번뇌를 떨쳐버리기가 매우 힘들기 때문에 '마음의 걸림 없음'을 통해 보살행을 강조하는 방향으로 나아가고 있지요. 이것이 대승불교에서의 마음공부입니다.

세상을 살아가면서 마음속에 번뇌가 일어나는 것은 어쩔 수 없습니다. 하지만 번뇌에 휘둘리지 않으려면 마음공부를 통해 번뇌의 원인을 제거해야 합니다. 이것이 불자의 바른 수행입니다.

하늘 아래 가장 소중한 당신

삶의 속도를 늦추며

가을날 부여에서 서울로 올라가는 길이었습니다. 평소에는 차를 직접 운전하는데, 전날 차가 고장 나는 바람에 마침 서울 가는 신도와 동행하게 되었지요.

도로변에 코스모스가 흐드러지게 피어서 가을의 정취를 한껏 느끼게 했습니다. 운전을 하지 않으니 창밖으로 펼쳐지는 티 없이 맑은 가을 하늘과 들판에 마음껏 눈길을 줄 수 있었지요. 옛날엔 서울을 가자면 한나절이나 걸렸지만, 요즘은 두세 시간이면 충분합니다.

언젠가 은사 스님이 이런 말씀을 하신 적이 있습니다.

"절에 있으면 기도하고 수행하면서 하루라는 시간을 정말 알뜰하게 보낼 수 있는데, 이상하게도 서울만 가면 하루가 후딱 가는구나. 시골에서 보내는 하루와 서울에서 보내는 하루는 시간의 흐름이 너무도 다른 것 같아. 오래 살려면 아무래도 시골에서 사는 게 좋을 것 같다."

법전 스님은 총무원에서 종단의 요직을 맡아달라고 권유할 때마다 이런 핑계를 대곤 거절하셨지요. 저 역시 산사에 있다가 서울에 가서 하루를 보내면 정말 시간이 빨리 지나가는 것을 느낍니다. 본디 중노릇은 기도와 수행을 병행하기 때문에 무의미하게 시간을 보내버리고 나면 아쉬움마저 듭니다. 그런데 서울에서는 한두 시간이 순식간에 흘러가버리는 게 다반사입니다.

가끔 생의 아름다움이란 느림에 있는 게 아닐까 생각합니다. 속도를 강조하는 세상이다 보니 오히려 느림의 가치에 대해 돌아보게 되는 것 같습니다.

고대 인도의 시간 개념은 요즘과는 확연히 달랐습니다. 멍에를 꿴 황소를 끌고 하루에 걸을 수 있는 거리가 대략 7.14킬로미터인데 이를 1유순이라고 합니다. 하루에 걸어서 갈 수 있는 거리라고 판단했던 것 같습니다. 이 정도 거리는 자동차로 10분이면 충분하고, 아무리 천천히 걸어도 두어 시간이면 닿을 수 있지요. 인도의 찌는 더위와 광활한 대지를 생각하면 이해할 수 있는 개념입니다.

그에 비해 요즘 사람들은 마음이 너무 조급합니다. 마음이 조급하면 여유를 잃어버리고 감정도 메마르게 됩니다. 어떤 학자는 "바쁜 현대인들이 조금 느리고 여유 있게 자연과 함께 살아가는 것도 아름다운 일이다"라고 했습니다. 이제 느림의 미학을 배워야 합니다. 말과 행동도 마찬가지입니다. 좀 더 깊이 생각하고, 좀 더 신중하게 행동하기 위한 삶의 습관이라 할 수 있지요.

느림은 게으름과 다릅니다. 성질 급한 사람들에겐 느림이 답답해 보일지 모릅니다. 느리게 살다 보면 눈에 보이지 않던 것들이 보이고, 느끼지 못했던 것들이 가슴으로 느껴집니다. 한 번쯤 삶의 운전대를 놓고 천천히 걸어보세요.

느림이란 좋은 것,
나를 천천히 뒤돌아보고 깊이 생각하라.
느림은 나의 수명을 길게 하고
화로부터 벗어나게 한다.
이제 삶의 운전대를 놓고
천천히 생의 길로 나아가라.

존재하는 것은 모두 사라지나니

존재하는 모든 것은 생멸生滅을 거듭합니다. 석가모니 부처님께서 가장 먼저 깨달으신 진리가 '제행무상諸行無常'입니다. 즉 존재하는 것은 모두 변하고 사라진다는 뜻입니다. 누구도 이 진리에 이의를 제기하지 못할 겁니다.

죽음을 공간적 개념으로 생각해보면 '있다가 사라지는 것'입니다. 죽음이란 것을 이해하려면 먼저 '생生함'을 알아야 합니다. '나는 누구이며 어디에서 왔는가' 하는 것이 바로 그 물음이지요.

나라는 존재는 욕망의 산물로서 부모님의 사랑이 없었다면 이 세상에 존재할 수 없습니다. 불교의 세계관에서 보자면 '하나의 생은 어떤 존재의 생성'입니다. 인간은 자신이 지은 업으로 인하여 태어났다는 것을 전제로 합니다. 불교에서 부모님과 자식을 별개의 영혼으로 보는 것도 이 같은 이유 때문입니다.

스님들이 선방에서 참구할 때 화두로 삼는 것이 '이뭣고'라는 겁니다. '부모님으로부터 생겨나기 전의 나는 누구인가' 하는 것이 바로 그 본질이며 '참나'입니다. 참나는 본질적으로 성불의 씨앗을 지니고 있는 존재입니다.

그런데 세상을 살아가면서 탐욕과 성냄과 어리석음이라는 나쁜 업을 만나서 '진아眞我'가 버려지고, 결국에는 거짓 나인 '가아假我'가 형성되어 나쁜 업을 짓게 됩니다. 인간은 '가아'와 '진아' 사이에서 끊임없이 갈등하다가 마침내 죽음을 맞게 되지요.

여기서 제가 말하고자 하는 요지는 단지 '죽음이란 무엇인가'가 아니라, '우리에게 주어진 삶을 어떻게 살아야 하는가'에 대한 견해입니다. 생의 출발지점은 누구나 똑같지만 죽음에 이르는 과정은 확연히 다릅니다. 어떤 이는 부잣집에 태어났어도 불행하게 살다 가는가 하면, 어떤 이는 가난한 집에 태어났어도 행복하게 살다 가기도 합니다.

우리 사회에서는 최근 '누구는 흙수저, 누구는 금수저'라며 계층을 편 가르기 하고 있습니다. 가난한 사람이 있으면 부자가 있고, 배운 사람이 있으면 못 배운 사람도 있습니다. 타고난 처지를 원망할 것이 아니라 주어진 조건을 받아들이고, 이를 극복하려는 지혜와 용기가 필요합니다. 그래야만 운명을 넘어서는 인생의 주인으로 당당히 살아갈 수 있습니다. 운명에 무릎 꿇고 되는대로 사는 인생이라면 그것은 죽은 것이나 다름없습니다.

불가의 선사들이 제자들에게 강조한 경구가 있습니다. 바로 '수처작주隨處作主', 앉은 자리마다 주인이 되라는 겁니다. 여기서 '주인'은 무엇인가를 소유한 사람이 아닙니다. 언제 어디에서든 얽매임 없이 자기 인생의 주인으로 살아가는 사람을 말하지요. 즉 자기 마음의 주인이 되어야 한다는 말입니다.

숨을 쉰다고 해서 살아 있는 존재가 아닙니다. 분명한 목표 의식을 가지고 지금 살아 있음을 끊임없이 자각하며 인생의 주인으로 살아가야 합니다.

지혜로써 궁극에 이른다

불교를 공부하려는 사람들이 가장 어려워하는 것이 바로 불교 교리입니다. 방대한 교리를 명쾌하게 요약한 경전이 없다는 건 매우 안타까운 일이지요. 제가 지금부터 불교의 핵심 교리를 명쾌하게 정리해드릴까 합니다.

석가모니 부처님은 고대 인도 카필라국의 숫도다나 왕과 마야 부인 사이에서 왕자로 태어났습니다. 태자 시절 동서남북의 성문으로 나가 백성들의 생로병사를 목격한 뒤 왕위를 버리고 궁을 나왔지요. 생로병사의 괴로움을 영원히 여의기 위해 6년간 수행 끝에 깨달음을 얻어서 부처가 되신 분입니다.

그때 부처님께서 깨달으신 진리가 제행무상諸行無常, 제법무아諸法無我, 열반적정涅槃寂靜이라는 '삼법인三法印'과 '사성제四聖諦'인

'고집멸도苦集滅道'입니다. 그리고 여기서 파생된 진리가 '십이인 연법十二因緣法'이지요.

앞에서도 말했듯이, '제행무상'은 이 세상에 존재하는 모든 것은 변화한다는 겁니다. 쉽게 예를 하나 들어보겠습니다.

여기 유리컵이 하나 있습니다. 이 컵은 영원히 존재할까요? 언젠가는 깨어지고 흩어져서 티끌이 되겠지요. 이 땅의 모든 생명도 마찬가지입니다.

'제법무아'는 나라는 존재가 영원하지 않으며 그 실체도 없다는 뜻입니다. 다음은 부처님 당시의 이야기입니다.

한 여자가 병으로 아들을 잃었습니다. 그녀는 부처님을 찾아가서 자신의 아들을 살려달라고 애원했습니다. 그때 부처님께서 말씀하셨지요.

"마을에 가서 겨자씨 한 줌을 얻어 오라. 반드시 한 사람도 죽은 이가 없는 집에서 얻어 와야 한다."

여인은 쉬운 일이라 생각하고 마을로 내려갔습니다. 그런데 여러 집을 돌아다녔지만 한 사람도 죽은 이가 없는 집이 없었지요. 여인은 빈손으로 돌아가면서 그제야 아들의 죽음을 받아들이게 되었습니다. 그때 여인이 깨달은 것은 무엇일까요? 바로 생은 영원하지 않다는 진리입니다.

'열반적정'은 모든 괴로움이 완전히 소멸되어 고요하고 청정한

하늘 아래 가장 소중한 당신

상태를 뜻합니다. 다른 말로 '해탈'이라고도 합니다.

'십이인연법'은 삼법인과 고집멸도에서 파생된 가르침입니다. 인간은 십이연기에 의해서 윤회를 거듭하고 있다는 것으로 가장 중요한 교리이기도 합니다. 여기에 따르면 중생의 세계를 과거, 현재, 미래로 나누고 미혹의 인과를 열두 가지로 설명하고 있지요. 과거에 지은 업에 따라서 현재의 과보를 받고, 현재의 업에 따라서 미래의 과보를 받게 되는 걸 말합니다.

십이인연은 무명無明, 행行, 식識, 명색名色, 육입六入, 촉觸, 수受, 애愛, 취取, 유有, 생生, 노사老死입니다. 모든 중생은 이러한 십이인연법에 따라서 윤회를 거듭하는 거지요. 부처님의 연기법은 '이것이 있으면 저것이 있고, 이것이 없으면 저것도 없다'는 겁니다. 이 세상에 홀로 존재하는 것은 없으며, 모든 것은 서로 연관되어 있다는 것이 연기법이지요.

경전에서는 깨달음으로 가는 길을 여러 갈래로 해설하고 있지만 부처님께서 얻으신 지혜는 형이상학적 관념이 아니라, 세상을 있는 그대로 바라보는 '여실지견如實知見'입니다. '산은 산이고, 물은 물'인 것처럼 '거짓은 거짓이지 참이 될 수 없다'는 거지요. 이것이 바로 부처님께서 고행을 통해 얻으신 진리입니다.

불교는 부처님의 가르침을 믿고 따르는 종교입니다. 부처님께서 깨달으신 것은 '어떻게 살아야 하는가'에 대한 답, 바로 삶의 지혜지요. 이제 불교가 어떤 종교인지 명확한 답이 나옵니다. 즉 자신의 마음을 다스려 지혜를 구하는 종교가 바로 불교입니다. 이와 관련해 중요한 증거가 있는데, 비구의 고백인《테라가타》와 비구니의 고백인《테리가타》가 그것입니다. 석가모니 부처님과 함께 수행하면서 깨달은 것들을 정리한 책으로 불교 초기 경전입니다. 이 경전에서 한 비구는 이렇게 고백합니다.

"지혜는 재산보다 소중하다. 사람은 지혜로써 세상의 궁극에 이른다. 궁극에 이르지 못한 어리석은 사람들은 거듭 태어나 악행을 저지른다."

사람들은 현실에 만족하지 않고 더 나은 삶을 위해서 무언가를 추구합니다. 이때 필요한 것이 바로 지혜입니다. 석가모니 부처님과 함께 수행했던 수많은 제자들은 왜 지혜의 중요성을 밝혔을까요?

지혜를 잃게 만드는 가장 큰 장애는 바로 욕심입니다. 눈앞의 이익만을 생각하면 판단력이 흐려집니다. 그러다 보면 일을 앞에 두고서도 갈팡질팡 어떻게 해야 할지 모르고, 결국에는 일의 본질마저 잊어버리게 되지요. 그런 사람은 남에게 이익을 주기는커녕 손해만 입힐 뿐입니다.

이 정도만 알고 있어도 불교 교리의 반은 공부한 것이라 할 수 있습니다. 불교는 결코 어려운 종교가 아닙니다. 눈앞의 현상을 있는 그대로 바라볼 줄 아는 것. 불교는 그런 마음을 공부하는 종교입니다.

숙맥같이, 아이같이

산창山窓을 여니 차가운 겨울바람이 목덜미를 휘감습니다. 며칠 전 내린 눈으로 산색이 하얗게 변했습니다. 절 마당에 산토끼 한 마리가 귀를 쫑긋 세우다가 행자의 비질 소리에 놀라 어디론가 재빨리 달아납니다.

새벽예불을 마치고 선잠을 잤더니 몸이 개운합니다. 간밤에 은사 스님과 오랜만에 통화를 했는데, 목소리의 울림이 쇠잔해서 마음이 적잖이 안타까웠지요. 출가자에게 은사 스님은 아버지 같은 존재입니다. 제자로서 곁을 지켜드리지 못하는 처지가 늘 죄송할 따름이지요.

처음 출가의 길에 들어섰을 때, 은사 스님이 당부하신 말씀이 지금도 잊히지 않습니다.

"제민아, 마음을 비워야만 한다. 귀머거리처럼, 벙어리처럼, 들은 바가 있어도 없는 듯이 하고, 하고 싶은 말이 있어도 참아야 해. 이것이 수행자가 가져야 할 마음가짐이다. 사람이 말이 많으면 그 말이 아무리 옳다 하더라도 그 속에 송곳처럼 뾰족한 말이 있기 마련이다. 신도들에게 법문할 때도 생각을 잘 정리해서 꼭 필요한 말만 하거라. 묵언수행이야말로 수승한 수행임을 기억해라."

지금껏 은사 스님의 이 말씀을 단 한 번도 잊어본 적이 없습니다. 일상에서의 바른 수행이 밑바탕이 되어야 현철한 지혜를 얻을 수 있기 때문입니다.

한국 선불교의 중흥조 경허 스님은 이렇게 말씀하셨지요.

"공부하는 사람은 남이 나를 옳다고 하든, 그르다고 하든 집착하지 말아야 한다. 또 남이 잘하든 잘못하든 분별하거나 참견하지 말고, 좋은 일이든 나쁜 일이든 무심해야 한다. 세상일에 숙맥같이, 병신같이, 벙어리같이, 소경같이, 귀머거리같이, 아이같이 하면 망상이 절로 사라진다. 남의 일을 가지고 분별하려는 것은 마치 똥 덩어리를 가지고 음식을 만들려는 것과 같고, 진흙으로 백옥을 만들려는 것과 같다. 마음을 닦는 데는 전혀 쓸데없는 일이니, 부디 세상일을 잘하려고 하지 말라."

경허 선사의 이 '무심無心' 법문을 지금도 가슴에 새기면서 함부로 남을 평가하거나 분별하지 않으려고 늘 자신을 돌아보곤 합니다.

그런데 어쩌겠습니까? 아직 수행이 깊지 못하다 보니 절집 사람들이 일을 잘못 처리하거나 그릇된 행동을 하면 저도 모르게 분별심이 올라오곤 합니다. 그 순간 아차, 하지만 이미 때가 늦었지요. 저도 어쩔 수 없는 중생의 마음으로 돌아가고 맙니다.

침샘암으로 투병하다 작고한 소설가 최인호 선생은 "혀와 손과 생각은 모두 양면의 날을 가진 불칼"이라고 표현했습니다. 그리고 "혀끝에서 비난과 독설, 거짓말과 고함 소리를 베어내주시고, 생각에서 교만과 독선, 자애심을 끊어주시고, 손에 쥔 붓에서 퇴폐와 부도덕과 파괴를 유혹하는 독소를 씻어내"달라고 기도했지요. 스스로 온갖 번뇌와 망상을 만들어내고 그 속에서 고통 받는 인간을 비유적으로 잘 표현한 글이라 생각합니다.

신도들에게 법문을 할 때, 저는 행복하게 사는 법에 대해 자주 이야기합니다. 사람의 몸을 받아 이왕 이 세상에 왔으니 행복하게 살아야 하지 않을까요? 행복의 열쇠는 어딘가에 숨겨진 게 아니라 우리의 마음속에 있습니다.

청담 스님의 유명한 법문을 소개합니다.

"사람은 누구나 10억이 든 통장을 가지고 태어난다. 다만 그

비밀번호를 모를 뿐이다."

물질은 풍족하게 누리지만 마음은 행복하지 않은 현대인들을 향한 명쾌한 법문입니다. 10억이 든 통장이란 단순히 돈이 아니라 행복을 말하는 것이겠지요. 누구나 행복할 수 있는 성품을 타고났지만 그 방법을 모른다는 뜻이 아닐까요? 수행자인 저에게는 이 법문이 '누구나 성불할 수 있으니 그 길을 네가 찾아라'라는 가르침으로 들립니다.

인생에 정답은 없습니다. 누구든지 행복하려면 그 길을 스스로 찾아가야만 합니다. 그 길은 누가 가르쳐주지 않지요. 다만 자신이 가는 길에 대해 확신을 가지고 최선을 다하는 것이 매우 중요합니다.

옛날 중국에
'의기欹器'라는 이름의 그릇이 있었습니다.
이 그릇은 비어 있을 때는 한쪽으로 기울고,
물이 가득 차면 뒤집어져서 쏟아지고,
물이 반쯤 차면 바르게 선다고 합니다.
중국의 왕들은 이 그릇을 통해
중용中庸의 도를 되새겼다고 하지요.

남들보다 많이 배웠다고, 또 많이 가졌다고,
더 잘났다고 말할 수는 없습니다.
넘치지 않게, 부족하지 않게, 하심하는 자세로
마음을 다스려야 하는 이유입니다.
지금 당장 부족하다고 힘들어하지 마세요.
그 또한 자신을 채워가는 과정이니까요.

공덕은 억지로 쌓는다고 해서
쌓이는 게 아닙니다.
가난한 이를 보면 진심을 다해서 돕고,
거동이 불편한 사람을 보면
기꺼이 손을 내밀고,
어리석은 사람을 보면
진리의 한마디로 깨우쳐주는 것.
'공덕을 쌓는다'라는 마음 없이
평상심으로 행할 때 공덕은 쌓이는 겁니다.

자신의 격에 맞지 않게
겉모습을 포장하는 사람들이 있습니다.
남다르다는 소리를 듣는 것보다
참되다는 소리를 듣는 게 좋습니다.
남들보다 탁월하다,
남들보다 총명하다,
남들보다 예쁘다는 말을 들으려고
자신을 포장하지 마세요.
마음공부가 잘된 사람은
평범함 속에서도 진면목이 드러납니다.

우리는 삶이라는 여행을 하고 있습니다.

어떤 때는 폭풍우와 폭설을 만나기도 하고

어떤 때는 병이 들었다가 낫기도 하고

어떤 때는 사랑하는 사람을 만났다가

또 어떤 때는 미운 사람을 만나기도 합니다.

이 모든 게 여행 중에 우리가 경험하는 일들입니다.

개중에는 목적지를 잃고 방황하는 사람도 많습니다.

삶의 목표를 잃어버린 사람들이지요.

목표가 없다는 건 희망이 없다는 겁니다.

아주 사소한 것일지라도 목표를 세워보세요.

아마 인생이라는 여행길이 달리 보일 겁니다.

철을 닦지 않고 공기 중에
그대로 방치해두면 녹이 슬듯이
우리의 마음도 닦지 않고
세상사 흘러가는 대로 방치하면
녹이 스며듭니다.
마음에 녹이 스며들면
오장육부에도 나쁜 병이 깃들기 쉽습니다.
우리가 게으름과 방일을 경계해야 하는 이유입니다.

천 일 동안 무일푼으로

한때 저는 천 일 동안 백 원짜리 동전 하나도 몸에 지니지 않 겠다고 서원을 세웠던 적이 있습니다. 지난날 제 자신이 알고 지 었거나 모르고 지은 모든 죄를 참회하기 위해서였지요.

아마 살면서 거짓말을 한 번도 하지 않은 사람은 찾기 힘들 겁 니다. 어린 시절 저는 용돈이 필요하면 갖은 핑계를 대며 어머니 에게 돈을 받아서 함부로 써버리곤 했지요. 성인이 되어서는 다 니던 회사에 사표를 내고 큰돈을 벌어보겠다는 욕심으로 베트남 에 건너가서 사업을 벌었습니다. 그러나 사업은 보기 좋게 망했 고, 빈털터리로 한국에 돌아와서는 사업자금을 대준 부모님과 친구들에게 면목이 없어서 한동안 은둔 아닌 은둔생활을 했지 요. 이 모든 게 재물에 대한 욕심 때문이었지요.

그래서 출가 후 지난날의 업장을 참회하기 위해서 천 일 동안 무일푼으로 살겠노라고 부처님께 서원을 했던 겁니다. 하지만 물질주의가 팽배한 세상에서 돈이 없으면 할 수 없는 일이 매우 많습니다. 외출을 할 때도 최소한의 교통비가 필요하고, 배가 고프면 밥도 먹어야 합니다. 그래서 웬만큼 중요한 일이 아니고서는 산문을 나서지 않았습니다.

서원을 세운 기간에 한번은 서울에 갈 일이 생겨서 산문을 나섰습니다. 먼 길을 가려면 차비 정도는 수중에 지녀야 하지만 제가 세운 서원을 지키기 위해 완전히 무일푼으로 서울을 향해 걸었지요. 걷다가 지치면 쉬고, 또 걷다가 지치면 잠시 쉬기를 반복했지요. 얼마쯤 갔을까요, 지나가던 승용차 한 대가 제 앞에 멈춰 섰습니다.

"스님, 어디까지 가세요? 제가 태워드릴게요."

창문을 내리고 한 중년 여성이 소리쳤습니다. 저는 운 좋게도 그분의 차를 편하게 얻어 타게 되었지요.

"차를 안 타고 왜 걸어가세요?"

그분이 보기에 차들이 씽씽 달리는 도로를 혼자 걷고 있는 스님이 이상했겠지요. 저는 무일푼으로 천 일을 살아보고 있다는 얘기를 그분에게 들려주었습니다. 그분은 고개를 끄덕였고, 바쁜 와중에도 저를 목적지까지 데려다주고 공양도 보시했습니다.

서울에서 볼일을 보고 돌아갈 때도 지나가는 승용차나 트럭을 얻어 탔습니다. 꼭 그렇게까지 할 필요가 있느냐고 반문할지 모르지만, 부처님 앞에 맹세했으니 어떤 일이 있더라도 지키고 싶은 마음이었지요. 그 또한 하나의 수행이었음은 말할 것도 없습니다.

몸에 가진 게 하나도 없다는 사실이 그렇게 마음 편한 것인 줄 예전에는 미처 몰랐습니다. 차비가 없으면 걸어가면 되고, 배가 고프면 굶으면 되고, 힘들면 잠시 쉬면 된다고 생각했더니 마음이 편안했습니다. 희한하게도 이런 마음으로 길을 나서면 꼭 누군가가 나서서 도움을 주었습니다. 걷다가 지쳐서 잠시 가로수를 벗 삼아 앉아 있으면 지나가던 자동차가 태워주었고, 허기가 지면 누군가 물이나 밥을 권했지요.

간혹 허름한 승복을 입고 걷는 저에게 모진 말을 던지는 사람들도 있었지만, 그보다 도움을 주고 응원해준 사람이 더 많았습니다. 참 각박한 세상이라고 하지만, 결코 그렇지 않다는 걸 느꼈던 시간입니다.

신문이나 뉴스를 보면 강도와 살인 등 끔찍한 기사들이 하루가 멀다 하고 쏟아지지만, 세상에 그런 일만 벌어지는 것은 아닙니다. 잘 살펴보면 세상사의 이면에는 아름다운 이야기도 많습니다.

어쨌든 천 일 동안 무일푼의 삶을 살면서 많은 것을 느끼고 깨달았습니다. 비우고 내려놓고 버린다는 것이 실제로 얼마나 힘든 수행인지 몸으로 체득했던 겁니다. 그리고 무일푼이 주는 편안함도 맛볼 수 있었지요. 이 풍족한 세상에서 단 며칠만이라도 자발적인 가난을 선택해보면 어떨까요?

몸에 지닌 것이 많으면

불가에서 출가자를 '비구比丘'라고 합니다. 이 말은 팔리어 '비쿠bhikkhu'에서 온 것으로 걸식하는 수행자를 뜻합니다. 옛날에는 무리 지어 수행한다는 뜻에서 '중衆'이라고 했는데 요즘에는 높여서 '스님'이라고 부릅니다.

비구라는 말에는 적은 것에 만족한다는 '소욕지족少欲知足'의 정신이 담겨 있습니다.

옛 선사들은 이렇게 말했습니다.

"도를 닦는 사람은 먼저 가난한 삶을 살아야 한다. 몸에 지닌 것이 많으면 도의 참뜻을 망각하기 때문이다. 옛 선사들은 가사 한 벌, 바리때 하나만 가질 뿐 그 외에는 아무것도 몸에 지니지 않았다. 자신의 거처에도 집착하지 않았으며, 먹는 것에도 일절

집착하지 않았다. 오직 도를 닦는다는 일념으로 수행에만 집중했다.”

그런데 요즘 승가僧家의 모습을 돌아보면 제가 생각해도 부끄러워집니다. 사회가 물질적으로 풍족하다 보니 승가의 살림도 예전과 달리 그리 어렵지 않습니다. 수행자가 마음만 먹으면 열심히 공부할 수 있지만, 게을리하는 분도 더러 있는 것이 사실입니다.

수행자에게 가장 큰 적은 탐욕과 게으름입니다. 수행자가 재물을 가지고 있으면 집착이 생겨나고, 급기야 일탈 행위로 물의를 일으키기도 합니다. 옛 선사들은 절에 보시가 들어오면 그에 알맞은 불사를 하거나 중생 구제에 썼습니다.

예전에 어떤 스님은 부모가 버리고 간 아이들을 100여 명이나 길렀습니다. 공양주 하나 두지 않고 제자들과 직접 나무하고 밥 짓고 빨래해서 그 많은 아이들을 키웠다고 합니다. 추운 겨울에는 장작불로 물을 한 솥 데워 아이들을 차례로 씻긴 뒤, 그 물로 스님도 목욕하고 손수 빨래를 했답니다.

한번은 제자의 다리가 무척 아팠는데, 그 치료비를 아끼려고 속가의 집으로 보내 치료를 받게 했을 정도입니다. 삼보정재三寶淨財를 함부로 쓸 수 없다는 스님의 굳은 신념이 그런 자린고비 일화를 만들어낸 거지요.

이 외에도 하수구에 쌀이 한 톨만 떨어져도 불호령을 내렸다는 큰스님들의 일화가 셀 수 없이 많습니다. 오늘날의 승가도 이런 자린고비 정신을 배워야 합니다.

옛 선사들의 자린고비 정신을 몸소 실천하기 위해 언젠가 108일 동안 무일푼으로 국토순례를 하려고 계획합니다. 선사들의 삶에 대해 말로만 떠들어본들 무슨 소용이 있겠습니까? 불교는 실천의 종교입니다. 아무리 좋은 가르침이라도 실천하지 않으면 소용없습니다. 행복은 물질에 있지 않다는 걸 사람들에게 실천으로 보여주고 싶습니다. 길 위에서 뜻이 같은 사람을 만나면 함께 걷고, 함께 수행하려고 합니다.

고백하건대, 출가 후로 과분한 삶을 살았다는 생각이 문득문득 들곤 합니다. 수행자로서 본분을 잊지 않으려고 늘 제 자신을 경계합니다. 지난날의 잘못을 참회하며 부처님이 가셨던 그 길을 저도 따르고자 합니다.

토끼에게서 배운 삶의 자세

이른 아침 법당 앞에 이르자, 산토끼 두 마리가 발자국 소리에 놀라서 얼른 몸을 감춥니다. 도토리와 홍시가 절 마당에 떨어져 있습니다. 그것들을 주워 먹기 위해 다람쥐며 산토끼며 까치들이 늘 분주합니다. 겨울이 닥치면 그들에게도 어려움이 닥칠 게 뻔합니다. 그래서 해마다 가을이면 짐승들의 양식이 되는 도토리와 밤, 감 따위를 모두 거둬들이지 말라고 사람들에게 신신당부를 합니다.

저는 토끼를 사랑합니다. 그들이 사는 법을 알고서 감동을 받았기 때문입니다. 토끼들은 대개 굴속에서 지내다 배가 고파야만 밖으로 나옵니다. 먹을 것을 실컷 먹고 난 뒤에는 자신이 사는 굴속에 똥을 쌉니다. 그런 뒤 배가 고프면 자기가 싼 똥을 다시 먹습니다. 사람들은 그 습성을 이용해 토끼를 잡을 때 토끼똥 속에 미량의 극약을 넣어둡니다.

어떤 소설가는 "배가 고프면 차라리 자신의 똥을 먹지, 절대로 구걸하지 않는 토끼들의 삶을 사랑한다"고 했지요. 바로 그런 모습에 저도 감동을 받았던 겁니다.

출가 초기, 저는 토끼처럼 항상 배가 고프다는 생각을 자주 했었지요. 먹을 게 부족해서 배가 고픈 게 아니라 남들보다 늦은 나이에 출가한 탓에 배움의 기회를 많이 놓쳤다는 생각 때문이었지요. 시간이 나면 경전이나 옛 스님들의 법문을 밤늦게까지 읽었지만, 배움에 대한 갈증은 좀처럼 해소되지 않았습니다.

은사 스님은 이런 말씀을 하셨습니다.

"옛 스님들의 수행을 배워야만 중노릇을 올바르게 할 수 있다. 그분들의 올곧은 삶이 어느 날 자연스럽게 네 것으로 녹아들 때가 올 것이다."

지금도 은사 스님의 말씀이 귓가에 오래도록 남아 있습니다. 그 무렵에 제가 주로 읽은 책은 원효 스님이 지은 《금강삼매경론金剛三昧經論》입니다. 《금강삼매경》은 내용이 어렵고 문장이 매우 압축적이라 원효 스님의 주석이 달린 논論이 없으면 이해하기 어렵다고 합니다. 자랑스러운 것은 원효 스님의 글에 '논'이라는 말을 붙인 이가 당시 동아시아 불교의 중심지라고 할 수 있는 중국의 학자들이었다는 사실입니다.

원효 스님은 신라 성덕왕 때 의상 스님과 함께 당나라로 구법 여행을 떠났다가 토굴에서 밤을 맞이했습니다. 잠결에 목이 말랐던 원효는 그릇에 담긴 물을 발견하고 단숨에 들이켰습니다. 참으로 다디단 물이었습니다.

다음 날 날이 밝자 원효는 어젯밤에 마신 물이 해골바가지에 고인 물임을 알고 깜짝 놀랐지요. 그 순간 헛구역질을 하며 큰 깨달음을 얻었다고 합니다.

"모든 것은 마음이 지어낸다. 진리는 밖에 있는 것이 아니라 내 마음속에 있는 것이다."

이것이 바로 그 유명한 '일체유심조一切唯心造' 사상입니다. 원효는 더 이상 당나라로 유학 갈 이유가 없음을 깨닫고 의상과 헤어져 중생 교화에 힘썼습니다.

그 후 원효의 삶은 파격 그 자체였습니다. 원효가 저술활동을 하도록 물심양면으로 도움을 준 이는 바로 요석 공주였습니다. 태종무열왕의 둘째 딸인 요석 공주는 남편이 전장에서 사망하는 바람에 과부가 되었는데, 이후 원효와 사랑에 빠져서 그의 아이를 낳았습니다. 그 아이가 훗날 신라의 대학자가 된 설총이지요.

설총을 얻은 후 원효는 스스로 승복을 벗고 자신을 일컬어 '소성거사小性居士'라 했습니다. 그는 광대들과 함께 '무애가無碍歌'를 부르며 신라 땅 곳곳을 돌아다니면서 불교를 전파했지요. 때론 미치광이처럼 행동하면서 술집이나 기생집에도 드나들었고, 사당에서 악기를 연주하면서 자유인으로 살았습니다. 원효가 이러한 삶을 산 까닭은 무엇일까요? 바로 삶에 대한 집착에서 벗어나기 위해서였지요.

신라의 귀족불교가 백성들에게 전파된 데에는 원효의 힘이 아주 컸습니다. 그는 백성들에게 '나무아미타불' 염불을 하면 누구든지 죽어서 극락에 갈 수 있다고 설교했지요. 그의 파격적인 행보 덕분에 아이들까지도 부처의 이름을 알게 되었으며, '나무아미타불'을 염불했다고 합니다.

토끼가 자신의 똥으로 배고픔을 달래듯이, 옛 선사들의 가르침에서 마음의 양식을 구하니 이보다 더 좋은 일이 어디 있겠습니까?

사형수 실험

오래전 미국에서 있었던 일입니다. 어떤 과학자가 미국 정부에 사형수를 대상으로 한 실험을 요청했습니다. 어차피 사형이 집행될 죄수이니 의학 실험을 할 수 있게 해달라고 말이지요. 인권과 관련된 일이라 고심하던 당국은 사형수에게 의사를 물었습니다. 사형수는 자신이 지은 죄가 크고 어차피 죽을 목숨이니 가는 길에 좋은 일이라도 하겠다며 실험에 동의했습니다.

과학자는 사형수의 몸에 튜브를 연결하여 피를 천천히 뽑아내면서 그의 몸 상태를 살피기만 할 뿐 그를 죽음에 이르게 할 의도는 전혀 없었습니다. 드디어 실험이 시작되었습니다. 과학자는 사형수의 몸에 튜브를 연결하고 이렇게 말했습니다.

"유리병에 표시된 선까지 피가 고이면 당신은 죽을지도 모릅니다.”

이윽고 붉은 피가 유리병에 한 방울씩 똑똑 떨어지기 시작했습니다. 시간이 한참 흘러 표시된 선까지 피가 고이자, 사형수의 얼굴이 창백해지며 그가 동요했습니다. 그리고 얼마 후 사형수의 심장이 갑자기 멎고 말았습니다.

사실 유리병을 가득 채운 것은 사형수의 피가 아니라 빨간 물감이었습니다. 과학자는 인간의 심리를 연구하기 위해 이런 실험을 했던 겁니다. 그런데 사형수는 몸에서 피가 빠져나가는 걸로 생각하고 죽는다는 공포감에 사로잡혀 결국 심장마비로 생을 마감한 거지요.

이 사실이 알려지자 미국 사회에 인권 논란이 벌어졌습니다. 아무리 사형수라고 해도 비인간적 실험을 한 과학자와 이를 허락한 당국에 거센 비난이 쏟아졌지요.

이 얘기를 들려드리는 이유는 인권 문제를 말하려는 게 아니라 우리의 마음이 육체를 얼마나 지배하고 있는지 생각해보기 위함입니다. 인간은 외부로부터의 충격은 자기 나름대로 방어하지만 마음으로부터의 충격은 육체마저 무력화합니다. 이를 두고 모든 것은 마음이 지어낸다고 해서 ‘일체유심조’라고 하지요.

인간이 느끼는 스트레스는 주위의 영향보다 스스로 만들어내는 것이 더 크다는 연구 결과도 있습니다. 별것 아닌 일을 가지고 오래 고민하다가 급기야 스트레스를 쌓아간다는 뜻입니다. 이렇게 마음의 병이 깊어지면 우울증이 생기고, 극단적인 경우에는 자살을 택하기도 합니다.

그러면 어떻게 해야 불안한 심리를 떨치고 스트레스로부터 자유로워질 수 있을까요? 이 질문에 대해 세계적인 철학자이자 심리학자 칼 융이 오래전에 답을 내놓았습니다.

"지금 유럽과 미국 등 서구세계는 동양의 불교철학에 귀를 기울이고 있습니다. 그런데 정작 아시아에서는 이 우수한 불교철학이 도태되고 있다는 사실이 나는 가슴 아픕니다."

불교의 팔만 사천 경전을 단 한마디로 압축하면 '마음을 공부하는 경'이라 할 수 있습니다. 외부에 있는 적보다 더 경계해야 할 것은 우리 마음속에 있는 적입니다.

이 숲에서 나무와 새들이 사라진다면

인간이 버린 땅인 체르노빌에 야생동물이 뛰놀고 있다는 흥미로운 뉴스를 접했습니다. 1986년 4월 26일 체르노빌 원자력발전소에서 일어난 대형 사고는 수많은 생명을 앗아갔습니다. 아비규환의 현장에서 살아남은 사람들은 집을 버리고 4,200킬로미터나 떨어진 곳으로 이주했습니다. 2차 세계대전 당시 미국이 일본 히로시마와 나가사키에 투하한 원자폭탄으로 인한 피해와 맞먹을 정도였다고 합니다.

그런데 30여 년이 지난 지금, 과학자들이 면밀하게 조사한 결과 체르노빌에 사슴과 노루, 멧돼지 등이 돌아와 살고 있다는 겁니다. 과학자들은 자연의 뛰어난 복원력을 보여주는 사례라고 소개했습니다. 놀라운 것은 사고 이전 체르노빌에 살았던 동물들의 개체수보다 지금이 더 많이 늘어났다는 사실입니다.

원자력발전소도 인간이 만들어낸 것이고, 부주의로 사고를 낸 것도 인간입니다. 원전 사고로 방사능이 유출되자 인간들은 떠났지만 동물들은 오히려 그곳으로 돌아와서 더 자유롭게 살고 있었던 겁니다. 이것은 무엇을 의미하는 걸까요? 바로 자연의 적은 우리 인간임을 알려주고 있습니다.

인간은 스스로 1그램의 산소도 만들어내지 못하면서 자연을 무자비하게 훼손합니다. 산소를 만들어내는 식물들이 없다면 인간은 단 1분도 살 수 없습니다. 그런 자연으로 인해 인간이 존재할 수 있다는 사실을 인간은 망각하며 살아가지요.

동물들도 인간과 더불어 마땅히 생명을 누릴 권리가 있습니다. 물에는 수많은 물고기가 살고, 산에는 노루와 고라니, 멧돼지 들이 살고 있습니다. 그런데 인간은 그들의 터전을 파괴할 뿐만 아니라 재미 삼아 죽이는 일도 서슴지 않습니다. 동물과 식물이 말을 할 수만 있다면 인간에게 이렇게 호소할 겁니다.

'원래 이 산은 우리들의 것인데 너희들이 들어와서 훼손하고 우리를 못살게 굴고 있다. 우리더러 이 자연을 떠나라는 것은 잘못된 것이다.'

반면에, 인간들은 이렇게 생각합니다.

'인간은 만물의 제왕이다. 자연은 우리를 위해 마땅히 희생해

야 하는 존재들이다.'

정말 인간이 만물의 제왕일까요? 이 지구상에서 꽃과 나무와 바다와 강과 산과 동물이 모두 사라진다면 인간도 결국 파국을 맞을 수밖에 없습니다.

인간은 미지의 세계를 찾아 끊임없이 탐험하고 도전합니다. 북극과 남극은 물론이고 우주로도 눈을 돌려 화성까지 탐사하고 있습니다. 그런 인간이 유일하게 버린 땅이 체르노빌입니다. 이제 그곳에 동물들이 돌아와 생태계를 이뤄 살아간다는 것은 참 반가운 일이지요.

이 세상에 무정無情한 것은 하나도 없습니다. 무심한 듯 들리는 물소리, 새소리, 바람소리도 모두 유정有情한 겁니다. 다만 인간의 잘못된 생각이 무정을 만들어내고 있는 것은 아닐까요? 인간이 자연의 한 조각임을 결코 잊지 말아야 합니다.

자비의 두레박

대웅전에 단청불사를 하는 며칠 동안 마음이 불편했습니다. 작업을 하는 사람들이 성의 없이 대충 하니 단청 문양이 영 허술했기 때문입니다.

전각에 단청을 입힐 때는 '마음 집중'이 정말 중요합니다. 하얀 종이에 밑그림을 그린 뒤에 바늘로 구멍을 송송 뚫어서 그 사이에 안료를 찍어 넣는 작업이기 때문에 마음을 집중하지 않으면 선과 선의 경계가 뭉개지기 일쑤입니다.

단청불사를 하는 동안 잠자리에 들어서도 좀처럼 마음이 가라앉지 않아서 참선을 시작했습니다. 큰 절의 살림을 맡고부터는 참선에 들 시간조차 없다 보니 잔잔한 호수에 조약돌을 던진 것처럼 늘 파문이 가라앉지 않았지요.

"부처님 뜻대로 하소서."

바람과 달리 자정이 훨씬 지났어도 마음이 좀체 진정되지 않았습니다. 아직 수행이 부족한 탓인가? 아니면 사람들의 마음을 움직이게 할 지혜가 없어서인가? 경전에 "지혜가 있는 사람은 근심이 없다"라는 말이 있습니다. 이렇게 근심에 잠겨 있는 걸 보면 지혜가 없는 탓인가 봅니다. 이런저런 생각에 참회를 했더니 그나마 마음이 평온해졌습니다.

평소 은사 스님은 이런 말씀을 하셨습니다.

"절간 살림을 맡아서 하면 덕을 가져야 한다. 그래야 안 되는 일도 잘되는 법이다."

덕은 남을 용서하는 자비심입니다. 선한 마음을 가진 사람은 자비가 샘솟는 우물과도 같아서 항상 자비의 두레박이 가득 차는 법입니다. 이와 달리 마음이 나쁜 생각으로 가득한 사람은 자비의 두레박이 끊어져 있지요. 이런 사람은 남을 용서할 줄 모릅니다. 이 세상에 용서하지 못할 일은 하나도 없고, 용서에는 덕이 뒤따라야 합니다.

다음 날 아침, 단청을 맡아 하는 책임자를 불렀습니다.

"새로운 마음으로 단청불사를 다시 합시다. 부처님의 마음을 그리듯이 단청을 입히면 이 법당도 환해질 겁니다."

"스님, 죄송합니다. 안료와 기름을 잘 섞어야 하는데 기름을 많이 넣어서 그렇습니다."

"불사는 어느 것 하나 소홀히 해선 안 됩니다. 매사에 세심해야 합니다. 자신이 하는 일에 최선을 다하면 그것이 바로 선근善根을 심는 공덕입니다. 불가에서 제일의 보시가 이와 같은 마음입니다."

모두가 알게 모르게 업을 짓고 살아가니 용서할 일이 가득한 세상입니다. 이 세상이 아름다워지려면 누구든지 용서하고 용서받는 자비심을 가져야 합니다.

단청불사가 모두 끝난 뒤 대웅전을 바라보았습니다. 곱게 물든 단청이 가을 햇살을 받아서 눈부시게 아름답습니다.

이 세상에 중요하지 않은 일은 하나도 없습니다. 한 가지 일을 하더라도 항상 자신의 일에 최선을 다하는 습관을 가지세요.

부처의 씨앗

'여여如如'.

불가에서 쓰는 말 중에 제가 가장 좋아하는 단어입니다. 여여함이란 차별과 분별을 떠나서 '있는 그대로의 참모습'을 뜻합니다.

사람은 본디 부처의 씨앗인 불성佛性을 가지고 태어납니다. 그런데 자라면서 삼독에 물들어 자신이 불성을 가지고 있다는 사실조차 모르고 살아갑니다. 스님들이 출가하는 이유는 자기 안의 본성을 찾아서 성불하기 위함인데 사실 쉽지 않은 일이지요. 그럼 성불이란 무얼 말하는 걸까요? 한마디로 부처가 되는 걸 말합니다. 그렇다면, 부처는 또 무엇일까요?

놀라지 마세요. 제가 처음 불교를 접한 것은 20여 년 전입니다. 그때 저는 석가모니와 부처를 똑같은 인물로 알았습니다. 즉 부처가 석가모니요, 석가모니가 곧 부처라고 말이지요. 사실 불자들도 석가모니 부처님과 부처를 동일한 인물로 이해하는 경우가 대부분입니다. 엄격하게 말하면 그 의미는 다릅니다. 제가 고유명사인 석가모니 부처님과 일반명사인 부처의 의미를 알게 된 것은 출가한 뒤입니다.

석가모니 부처님은 싯다르타 태자 시절, 성문을 나가서 인간의 생로병사를 직접 목격한 뒤 출가하여 수행자 고타마가 되었습니다. 그 후 6년 동안 피골이 상접할 정도로 고행을 하다가 마침내 보리수 아래에서 새벽별을 보고 정각을 이루어 부처가 되었던 겁니다. 석가모니 부처님과 부처의 의미가 확연히 다름을 알 수 있습니다.

많은 불자들을 만나보며 제가 느낀 점이 있습니다. 뭐냐하면, 다들 신심은 두터우나 정작 부처님의 가르침을 배우는 데는 인색하다는 겁니다. 그러니 고유명사인 석가모니 부처님과 일반명사인 부처조차 헷갈려 합니다. 어쩌면 저와 같은 수행자가 불자들에게 제대로 알려드리지 못한 탓인지도 모릅니다.

스님은 점쟁이가 아닙니다. 얄팍한 언어로써 마음을 치유해주는 사람이 아니라 내면에 잠든 부처의 본성을 깨우쳐주는 사람이 바로 스님이고 선지식입니다. 그러므로 불자들은 제대로 된 선지식을 만나서 공부해야 합니다.

'여여'라는 말을 서두에서 끄집어내고 엉뚱한 소리를 하는 것 같지만, 사실 여여함이 바로 부처가 되는 길이기 때문입니다. 자신이 가진 부처의 씨앗을 믿고 '있는 그대로의 참모습'을 보여줄 때, 비로소 부처가 됨을 일러주기 위해서입니다. 저는 요즘 그저 여여하기 위해 여여함으로 가려고 노력합니다.

출가 수행자의 목표가 성불이라면, 재가불자의 목표는 가족이나 이웃과 조화롭게 이 세상을 선하게 살면서 여여하게 자신의 일에 최선을 다하는 것이 아닐까요? 있는 그대로 자신의 진실한 모습을 지켜가면 되는 겁니다.

하늘 아래 가장 소중한 당신

　지구상에는 셀 수 없이 많은 사람이 살고 있습니다. 그 수를 억 단위로 헤아려본들 사실 무의미하지요. 그 속에서 누군가는 태어나거나 죽어가고, 모든 것이 쉼 없이 변화하고 움직입니다.

　부처님께서는 《금강경》에서 중생을 갠지스강의 모래에 비유하며 그 수가 한량없다고 하셨습니다. 인도에 가본 사람은 알겠지만 갠지스강의 모래는 밀가루처럼 입자가 곱습니다.

　여기서 우리는 두 가지를 생각할 수 있습니다. 나라는 존재가 그저 모래알이나 티끌에 불과하다는 견해와 그 티끌 같은 존재 하나하나가 모여 이 세상을 이룬다는 견해입니다. 앞의 생각은 허무주의를 동반합니다. 나는 티끌 같은 존재이기 때문에 아무 쓸모가 없다는 위험한 생각을 가지기 쉽습니다. 후자라면 나라는 존재가 그렇게 보잘것없는 것 같지만 이 세상을 움직이는 귀한 존재라는 생각을 합니다.

한량없는 중생들이 모여서 한 세계를 이루고 있으며, 그 세계를 이루는 개개인이 모두 귀한 존재라는 것이 부처님의 사상입니다. 부처님의 유명한 탄생 선언을 기억하실 겁니다. '천상천하 유아독존天上天下唯我獨尊', 즉 '하늘 아래 가장 귀한 존재는 나'라는 뜻입니다.

부처님께서는 인간이 위대한 존재이지만 욕망으로 인해 스스로 타락의 길을 걸어가는 것에 대해서 경계를 하셨습니다. 인간은 존엄하지만 인간의 욕망은 한갓 티끌에 불과하다고 설파하셨지요. 중생은 자신의 존재 가치를 스스로 부정하고 티끌 같은 욕망에 붙들려 사는 겁니다.

우리는 나를 중심으로 수많은 인연을 맺고 살아갑니다. 나로 인해서 남편이나 아내가 생기고, 나로 인해서 자식이 생깁니다. 고로 내가 없으면 이 세상의 인연은 모두 끝나는 겁니다. 그러니 나란 존재가 얼마나 위대한가요?

우리가 평생 동안 인연을 맺는 사람이 과연 얼마나 될까요? 직업과 하는 일에 따라서 다르겠지만, 우리는 몇 다리만 건너면 그 관계를 파악할 수 있는 세상에 살고 있습니다. 인연이란 이래서 참 묘합니다. 자신이 하는 일이나 종교, 성향 등에 따라 인연이 맺어지고 나면, 그 인연은 자신의 의지와는 상관없이 연속적으로 이어지고, 그 테두리 안에서 몇 사람만 거치면 서로가 인연의 끈으로 맺어져 있다는 것을 알게 됩니다. 그래서 세상에 비밀은 없다고 하지요.

셀 수도 없이 많은 인연의 끈으로 이어진 인간이 관계 속에서 괴로워하는 까닭은 무엇일까요? 바로 개개인이 가진 성향이 모두 다르기 때문입니다.

일전에 어떤 분이 저를 찾아와서 괴로움을 토로한 적이 있습니다. 그분에겐 아들이 둘 있는데, 성격은 물론 행동과 사고방식이 너무나 다르다고 했습니다. 큰아들은 똑똑해서 명문 대학에 다니는 데 반해, 둘째는 나쁜 친구들과 어울리다가 급기야 퇴학을 당한 뒤 고졸 검정고시를 통해 힘겹게 전문대학에 진학했다고 합니다. 둘째는 그 후 일찍 입대해서 제대를 한 뒤 혼자 살겠다며 집을 나가버렸답니다. 그러고 두 달에 한 번쯤 집에 오는데, 용돈을 받아간 적도 없다고 했습니다.

그분은 철부지 둘째가 눈에 밟혀서 걱정이라고 했지요. 저는 그 말을 듣고 딱 한마디만 했습니다.

"별걱정을 다 하십니다. 둘째 놈이 물건인데요."

"어머, 그래요?"

그분의 얼굴에 순간 화색이 돌았습니다. 제가 무슨 점쟁이도 아니고, 청년의 미래에 대해서 가타부타 얘기한들 그의 인생에 하등 도움 될 일이 없을 겁니다. 저는 다만 그분에게 한 가지 사실만을 말해주고 싶었습니다. 부모 품을 벗어난 자식은 이미 그만의 독립적인 세계관을 가지고 생각하고 행동한다는 사실을 말입니다.

그분의 아들은 이미 자기 존재에 대해 자각한 성인입니다. 그러니 부모는 자식의 판단을 이해하고 존중해야 합니다. 자신이 할 일을 스스로 하고 있는 자식에게 쓸데없이 간섭하거나 매달릴 이유가 없는 겁니다. 어쩌면 그 청년은 자신이 가야 할 길을 잘 알고 '자기를 찾아가는 여행'을 제대로 하고 있는 건지도 모릅니다.

우리가 지금 이 순간

마주하는 건 늘 오늘입니다.

과거와 오늘은 둘이 아니라 하나입니다.

오늘과 내일도 둘이 아니라 하나입니다.

도인은 과거의 업을 알고

오늘 해야 할 일을 알아

내일로 미루지 않습니다.

범부는 과거의 업을 놓지 못해

오늘 해야 할 일을 못 합니다.

당신은 어느 쪽인가요?

매사에 착각하며 사는 사람들이 있습니다.

그런 사람들은 자신이 하는 일은 다 정답이며,

남이 하는 일은 다 오답이라고 생각합니다.

이것이 다툼의 원인이 되곤 하는데,

자기에 대한 지나친 집착 때문이지요.

한 발짝만 물러나면 보입니다.

한 생각만 돌이키면 보입니다.

한 발짝만 뒤로 물러나서

자신을 바라보는 연습을 해야 합니다.

이렇게 자신을 돌이켜 보지 못하는 사람은

착각의 늪에서 영영 헤어나지 못할 겁니다.

얼굴에 티가 묻으면

거울에도 티가 생기듯이,

내 마음이 깨끗하지 않으면 상대에 대해

좋지 않은 감정을 갖게 됩니다.

마음이 선한 사람은

착한 사람을 자주 만나지만

마음이 악한 사람은

사기꾼을 만나기가 쉽습니다.

그러므로 마음의 거울을

늘 깨끗하게 닦으세요.

태국의 고승 아잔 차 스님은 마음에 대해 이렇게 말씀하셨습니다.

"마음은 본래 깨끗하고, 마음 안은 이미 고요하다. 마음이 고요하지 않은 건 마음이 감정을 따라잡았기 때문이다. 본래 마음에는 아무 것도 없고, 그저 자연의 일부일 뿐이다. 마음이 고요하기도 하고 흔들리기도 하는 것은 감정이 마음을 속이기 때문이다. 이러한 감각이 마음을 행복과 고통, 기쁨과 슬픔으로 이끌지만, 이것은 마음의 본질이 아니다. 그러므로 기쁨도 슬픔도 마음이 아니며, 그 모든 것은 우리를 속이는 하나의 느낌일 뿐이다."

기억의 상처로부터
벗어나는 건 누구에게나 힘든 일입니다.
아무리 벗어나려고 해도
그 상처로부터 벗어나지 못하는 건
아직도 과거의 기억을 두 손에 꼭 쥐고
놓아버리지 못하고 있기 때문입니다.

과거는 이미 지나갔고
미래는 아직 오지 않았습니다.
지나간 슬픔이나 아픔에 집착하지 마세요.
그 또한 업이 됩니다.
지나간 일은 강물 위에 떠내려 보내야
오늘 이 순간이 행복합니다.

| 4부 |

사랑의
느낌으로 살다

낙조대 적석사에서

적석사의 봄

    지난해 가을부터 강화 낙조대 적석사 주지 소임을 맡았습니다. 적석사는 강화도의 진산 고려산 낙조봉 동쪽 기슭에 적요하게 안겨 있는 사찰입니다. 부여 무량사에 살다가 북녘 강화도로 오니 마음이 새삼 적적합니다. 수행자가 앉은 자리를 탓할 순 없지만, 오랫동안 무량사에서 불사를 진행하다가 갑자기 강화로 오게 되니 섭섭한 마음이 없지 않았습니다. 하지만 승가에도 법도가 있으니 어쩌겠습니까.

    적석사에 온 첫날, 낙조대에서 바랑을 내려놓고 서해 바다를 바라보았습니다. 구름 사이로 비치는 붉은 낙조가 아름다워서 밤새 잠들지 못하고 서성였습니다. 바람에 묻어온 소금 냄새가 승복 자락에서 나는 듯했습니다. 한잠도 자지 않고 대웅전 부처님께 기도를 드렸더니, 잘 왔다고 부처님께서 빙그레 미소를 지으시더군요.

다음 날 산길을 내려가서 마을 주변을 둘러보았습니다. 황량한 논밭과 두렁 사이에서 철새들이 벼이삭을 쪼아 먹는 풍경이 참 평화로웠습니다. 유유자적 뒷짐 지고 돌담을 지나서 절 마당에 들어섰습니다. 엊저녁에 느끼지 못했던 또 다른 감흥이 일어났습니다. 이 아담한 천년고찰이 마치 내 집처럼 느껴졌던 순간입니다.

절 마당에 서면 저수지를 품고 있는 산 아래 풍경이 한눈에 들어옵니다. 산들이 바다를 향해 어깨를 낮춰가며 마을을 포근히 감싸 안고 있는 풍경을 보면 누구라도 걸음을 멈추게 됩니다. 그뿐만이 아닙니다. 때마침 먼 바다에서 불어오는 바람은 지친 마음을 부드럽게 어루만져줍니다.

적석사는 우리나라의 3대 낙조명소로 손꼽히는 곳으로, 한국불교의 총본산인 대한불교조계종 총무원 직할 말사입니다.

사적비에 따르면, 고구려 장수왕(416) 때 천축 조사가 강화도에서 절을 지을 곳을 물색하던 중 고려산 정상의 오련지五蓮池에 핀 다섯 송이 연꽃을 꺾어 바람에 날린 뒤 꽃잎이 떨어진 곳에 적련사赤蓮寺를 비롯해 청련사靑蓮寺, 백련사白蓮寺, 흑련사黑蓮寺,

황련사黃蓮寺를 세웠다고 합니다. 그중 적련사를 산불이 자주 난다고 하여 '쌓을 적積'으로 바꾸게 되었고, 그곳이 오늘날의 적석사입니다. 고려 강도江都 시대에는 고려대장경을 보관했으며, 조선 중종(1544)과 선조(1574) 때에 중수했으나 임진왜란 때 소실된 뒤 여러 번의 중수를 거친 곳입니다.

이를 보면 당시 절의 규모가 아주 컸을 것으로 짐작됩니다. 오늘날 적석사 경내엔 대웅전과 사적비, 범종루, 관음굴, 산신각, 수선당, 종무소 등이 들어서 있습니다. 대웅전 동쪽의 돌 틈에서 흘러나오는 감로정은 나라에 변란의 조짐이 생기면 물이 마르거나 흐려져 마실 수 없게 된다고 전합니다. 절 뒤편엔 암봉巖峰이 하나 있는데 강화팔경의 하나인 낙조봉입니다. 산마루에서 바라보는 석양이 아름다워 '적석낙조積石落照'라고도 하지요.

사실 우리나라에 전해지는 사료에는 고구려 사찰의 흔적이 거의 남아 있지 않고 주로 중국이나 북한에 있습니다. 그런 점에서 보면 강화도에 무려 1,600년 역사를 간직한 고구려 시대 사찰이 있다는 건 정말 놀라운 일입니다.

그러고 보면 저는 참 복이 많은 수행자입니다. 이렇듯 유서 깊고 아름다운 도량에서 4년 동안 수행할 수 있다는 사실에 마음이 설레었지요. 신임 주지로서 마땅히 해야 할 책무가 어깨를 무겁게 하지만, 어차피 수행자는 가고 오는 것에 연연해서는 안 됩니다.

늦은 나이에 출가하여 바랑을 메고 다닌 지 어느덧 긴 세월이 지났습니다. 이젠 이곳에서 몇 해를 보내며 불사도 하고 수행도 해야 합니다. 모두가 일심으로 힘쓰지 않으면 아무리 아름다운 곳도 지켜내기가 힘든 만큼 전임 주지 스님의 뜻을 이어받아서 부처님 가르침에 어긋남 없이 나아갈 것입니다.

극락과 지옥을 보여주마

    세상을 살면서 힘든 일 중 하나가 마음속에서 일어나는 분노를 조절하는 일입니다. 열 번을 잘 참다가도 한 번을 참지 못해서 '공든 탑이 하루아침에 무너지는 일'도 종종 생깁니다.

    '아, 그때 내가 참았더라면…….' 뒤늦게 후회해본들 소용없습니다. 분노는 순간적으로 감정을 다스리지 못해서 생기는 일종의 병입니다.

    도대체 분노는 왜 일어날까요? 심리학자들은 분노가 순간적으로 일어나는 현상이므로 화가 나면 잠시 그 자리를 피해 생각하는 시간을 가지라고 조언합니다. 아무리 큰 분노라도 시간이 지나면 누그러진다고 합니다. 설령 상대방이 잘못해서 화가 났다 하더라도 이성적으로 판단하라는 뜻입니다.

분노를 다스리지 못하면 그 순간 판단력이 흐려져서 급기야 폭력을 부르고, 돌이킬 수 없는 업을 짓게 됩니다. 그럴수록 냉정하게 처신해야 합니다.

우리는 수많은 사람들과 관계를 맺으며 살아가는데, 그 관계가 수시로 변화하기 때문에 항상 좋을 수만은 없습니다. 갈등은 대개 타인의 마음을 제대로 헤아리지 못해서 생기지요.

하지만 타인의 마음을 읽지는 못해도 상대방의 입장에서 이해할 수는 있습니다. 그래서 '역지사지易地思之', 상대방과 처지를 바꿔서 생각하라는 거지요. 이렇게만 한다면 분노가 한결 누그러지지 않을까요?

사람들에게 행복이 뭐냐고 물어보면, '자신이 원하는 바를 이루는 것', '남보다 잘난 사람이 되는 것' 등 대개 남과 비교해서 자신이 우위에 있을 때 행복하다고 말합니다. 정말 그런 사람이 행복할까요? 아닙니다. 그는 이기심으로 가득한 불행한 사람에 지나지 않습니다. 정말 이런 마음으로 행복을 구하려 한다면, 그는 행복은커녕 뜻하지 않은 불행을 만날 수도 있습니다.

승가에선 행복과 불행을 극락과 지옥으로 표현합니다. 마음이 행복하다면 극락에 있는 것이고, 마음이 불행하다면 지옥을 헤매는 거지요. 제가 재미있는 얘기를 하나 들려드리겠습니다.

옛날 일본의 젊은 무사가 한 스님을 찾아가 불경에 있는 아름다운 극락을 보고 싶다고 말했습니다.

"내가 자네에게 극락과 지옥을 구경시켜주지."

스님은 당장 자신을 따라오라고 했습니다. 무사는 극락을 보기 위해 스님을 따라 나섰습니다. 그런데 스님이 갑자기 걸음을 멈추고 무사의 뺨을 손바닥으로 후려쳤습니다.

"바보 같은 녀석! 극락과 지옥이 어디에 있단 말이냐! 너는 그것을 믿는다는 말이냐?"

무사는 뺨을 얻어맞고 거기다 바보 취급을 당하자 화가 머리끝까지 치솟아 당장 스님에게 사과를 요구했습니다. 사과하지 않으면 무사의 명예를 지키기 위해 목을 베겠다고 소리쳤습니다.

"꼴에 무사라고 자존심을 세우긴. 벨 테면 베어라."

스님이 눈도 깜짝하지 않자 무사는 분노를 참지 못하고 칼을 높이 쳐들었습니다. 그 순간 스님이 벼락 같은 목소리로 말했습니다.

"멈추어라! 이것이 바로 지옥이다. 분노를 다스리지 못하고 사람을 죽이려 했으니 지옥이 아니고 무엇이냐?"

무사는 칼을 땅에 떨어뜨리고 무릎을 꿇어 용서를 빌었습니다. 그러자 스님이 말했습니다.

사랑의 느낌으로 살다

"이것이 바로 극락이다."

극락과 지옥이 우리 마음속에 있다는 것을 보여주는 얘기입니다. 극락이든, 지옥이든 결국 우리 마음이 만들어내기 나름입니다.

사람의 성품은 본디 맑고 고요하여 탐욕과 성냄과 어리석음이 없습니다. 하지만 세상을 살면서 삼독에 물들어 맑고 고요했던 마음이 혼탁해지고 스스로 괴로움을 만들어냅니다. 이런 사람에게는 화가 끊이지 않습니다. 집착과 욕망이 분노로 표출되어 결국 자신을 파멸로 이끌게 됩니다.

남의 잘못을 보고도 무조건 눈감아주라는 말이 아닙니다. 먼저 상대방의 처지에서 생각하고 그의 말을 경청하라는 뜻입니다. 무턱대고 화부터 내는 사람은 마음이 지옥일 수밖에 없습니다.

불난 집에서 무얼 하나요?

"너의 눈이 불타고 있다. 너의 귀가 불타고 있다. 코와 입이 불타고 있다. 무엇으로 불타고 있는가? 격정의 불로, 증오의 불로, 미망의 불로 타오르고 있다."

부처님께서 《상윳따 니까야》에서 하신 말씀입니다.

중생은 하루에도 수백 번씩 번뇌의 불구덩이에 빠져 격정과 증오와 미망의 불에 활활 타오르고 있습니다. 겉으로는 평온해 보여도 그 마음속은 알게 모르게 번뇌가 불타고 있는 겁니다. 그런데 사람들은 그런 사실을 모르고 살아갑니다.

예를 하나 들어볼까요? 길을 가다가 잘생긴 이성을 보고 이런 대화를 나눈 경험이 한 번쯤 있을 겁니다. "예쁘다" "잘생겼다" "멋지다" 등등. 여자든 남자든 제각각 그 모습을 보고 저마다 분

사랑의 느낌으로 살다

별심을 내기 때문에 마음이 한없이 요동칩니다. 심지어 법당에 앉아서 스님의 법문을 들을 때도 '저 말은 맞는 얘기, 저 말은 틀린 얘기'라고 마음속으로 평가합니다. 이런 분별심 때문에 번뇌가 생기고 미망의 불이 타오르고 있다는 겁니다.

번뇌의 불길로 자신을 태우는 사람이 중생입니다. 반면에 이런 마음을 비우고 쉬어가는 노력을 수행이라고 하고, 여기에서 온전히 나를 지우고 깨달음을 증득하는 걸 성불이라고 하지요.

우리는 '안이비설신의眼耳鼻舌身意'에 의해 생기는 경계인 '색성향미촉법色聲香味觸法'이라는 '육진六塵'에 시달립니다. 즉 눈에 보이는 색과 모양, 귀에 들리는 소리, 향기와 맛, 느낌, 감각기관이 우리를 잠시도 가만두지 않습니다. 늘 좋은 것만 찾아다니느라 정신이 없고, 이로 인해 번뇌에 휩싸이게 됩니다.

《금강경》에서는 이를 두고 "불응주색생심不應住色生心 불응주성향미촉법생심不應住聲香味觸法生心, 응생무소주심應生無所住心"이라고 합니다. 뜻을 풀어보면, "마땅히 색에 머물러서 마음을 내지 말며, 마땅히 성향미촉법에 머물러서도 마음을 내지 말며, 마땅히 머문 바 없는 그 마음을 내라"라는 말입니다.

석가모니 부처님께서는 《법화경》에서 우리가 사는 세상을 불난 집에 비유하여 '삼계화택三界火宅'이라고 하셨습니다. 말하자면 우리는 불난 집과 같은 이 세상에 살면서도 이를 모르고 다섯 가지 욕망, 즉 재물욕, 성욕, 식욕, 명예욕, 수면욕에 빠져 헤어나지 못하고 있는 겁니다.

사람의 욕심은 끝이 없습니다. 게다가 중생은 본능을 제어하지 못해 쾌락의 노예가 되기도 합니다. 부처의 씨앗을 가진 중생이라면 이를 알아차려 악업을 짓지 말아야 합니다.

시간이 나면 한 번쯤 남산 꼭대기에 올라가서 서울의 야경을 보세요. 정말 아름답고 휘황찬란합니다. 그런데 화려한 도시 속으로 들어가면 온갖 욕망의 불빛이 번쩍이는 걸 볼 수 있습니다. 그것은 인간의 욕망이 쏘아 올리는 번뇌의 불꽃입니다. 이제 그 불길 속에서 벗어나 참된 나를 찾아야 할 때입니다.

욕심이 많으면 번뇌도 많다

"욕심이 많은 사람은 자신의 이익을 많이 구하기 때문에 번뇌도 많다. 하지만 욕심이 없는 사람은 이익을 구하지 않아 근심도 없다. 욕심이 없는 사람은 남의 마음을 사기 위해 억지로 아첨하지 않으며, 또한 마음이 편안해서 두려움이나 근심 따위가 없고, 자신이 하는 일에 여유가 있어 부족함이 없다. 이것을 가리켜 소욕少欲이라 한다.

고뇌로부터 벗어나려고 하는 사람은 스스로 만족할 줄 알아야 한다. 넉넉함을 아는 사람은 부유하고 즐거우며 마음에 여유가 있다. 그런 사람은 비록 맨땅 위에 누워 있을지라도 여유롭고 편안하지만, 만족할 줄 모르는 사람은 설령 천상에 있을지라도 흡족하지 않다. 만족을 아는 사람은 가난하지만 사실은 부유하다.

이것을 가리켜 지족知足이라 한다."

《아함경》에 있는 '소욕지족少欲知足'에 관한 부처님의 가르침입니다. 깊이 새겨보면 경전의 말씀은 하나도 틀린 데가 없습니다.

우리들의 삶을 한번 돌아볼까요? 남편이 직장에서 승진하면 좋겠고, 자식이 좋은 대학에 가면 좋겠고, 넓은 집으로 이사 가면 좋겠고, 돈을 더 많이 벌면 좋겠다는 마음으로 매일 안달하며 살아갑니다. 이렇게 늘 욕심에 사로잡혀 스스로 번뇌를 만들고 있습니다.

사실, 남편이 적으나마 돈을 벌어다 주는 것에 감사하고, 자식이 공부는 좀 못해도 건강하고 착하니 감사하다는 생각을 하면 근심이 생기라고 해도 생기지 않습니다.

남편이 승진하려고 자꾸 욕심을 내니까 윗사람에게 아첨하게 되고, 뒷돈이 왔다 갔다 하다가 나중에는 일이 크게 잘못되어 감옥에 가거나 그 자리마저 잃게 되는 일이 허다합니다. 자식도 마찬가지입니다. 실력도 안 되는데 좋은 대학에 보내려고 비싼 과외를 시키다 보니 가족 간에 갈등이 생기고 살림이 어려워지지요.

남편과 자식이 건강하고, 자신에게 주어진 일에 최선을 다하고 있다면, 그것으로 충분합니다. 마음을 이렇게 돌이키면 사실 걱정할 일이 아닙니다.

사랑의 느낌으로 살다

딸 가진 부모들의 경우를 한번 생각해볼까요? 사윗감을 고를 때 가진 것은 없어도 진정으로 딸을 사랑해줄 사람이 아니라, 돈을 얼마나 버는지, 어떤 대학을 나왔는지, 시댁의 형편이 어떤지부터 따집니다. 부잣집 아들한테 보내서 딸이 손 하나 까딱 않고 살기를 바라지만 참으로 어리석은 생각입니다. 그런 부잣집에 가서 행복할 것이라는 보장도 사실 없어요. 부부가 함께 무언가를 이루어가는 데에 행복이 있는 거지, 이미 만들어진 조건은 의미가 없습니다.

이런 일들이 다 고뇌가 아니고 무엇일까요? 돈이 많은 부자가 아니라 마음이 넉넉한 부자가 되어야 합니다. 마음이 가난한 사람은 설령 하늘에서 돈 보따리가 떨어진다고 해도 만족할 줄 모릅니다. 근심 걱정을 껴안고 전전긍긍하는 건 자신의 명을 재촉하는 일입니다. 조금 부족하지만 너그러운 마음으로 여유가 있는 삶을 살아야 부유하게 사는 게 아닐까요? 다른 사람과 비교하지 않고, 나는 나대로 열심히 사는 게 바로 '소욕지족'의 삶입니다.

자신의 삶에 대해서 '이만하면 충분하다'는 생각을 가지는 게 좋습니다. 어쨌거나 우리는 전생에 공덕을 많이 지어서 인간으로 태어났으니 다행이고, 전생에 닦은 인연이 출중해서 부처님의 법을 듣게 되었으니 얼마나 좋습니까? 모든 걸 긍정적으로 생각하는 마음을 가지세요.

행복은 우리가 생각하기 나름입니다. 남과 비교하면 소욕이 대욕大慾이 되고, 자신과 주변 환경을 부정적으로 보게 됩니다. 그러면 끊임없이 번뇌가 일어나 결국 나쁜 병이 생기기도 합니다. 의사들은 스트레스가 만병의 원인이라고 하지요.

새벽에 법당에서 기도를 하면 가슴이 뭉클합니다. 새소리, 바람소리를 들으며 목탁을 치다 보면 그 소리가 마음을 울립니다. 그런 마음에는 번뇌가 둥지를 틀 수 없습니다. 욕심을 버리고 사는 게 몸과 마음을 건강하게 한다는 것을 잊지 마세요.

사랑의 느낌으로 살다

서양의 지성들이 불교를 주목한 까닭

　인류의 역사는 한마디로 행복을 향한 노력의 역사라고 할 수 있는데, 그 관점은 동서양이 달랐습니다. 서양에서는 물질의 풍요를 통해서 행복을 추구해왔지만 동양에서는 옛날부터 마음을 중시했지요.

　종교의 의미에 대해서도 동양과 서양의 관점이 확연히 달랐습니다. 서양에서는 종교를 신과 인간의 관계로 이해하고, 인간이 도저히 이해할 수 없는 부분은 신의 영역으로 치부했습니다. 이와 달리 동양의 종교는 신과 인간의 관계가 아니라 가장 완벽한 삶의 방법, 즉 최고의 진리를 추구합니다. 그래서 종교라고 할 때 '마루 종宗' 자를 쓰는 겁니다. 최고로 높은 진리, 으뜸가는 진리라는 뜻이지요. 그런데 동서양의 종교를 그냥 하나의 단어로 표현하니 혼란이 생길 수밖에 없습니다.

만약 인간이 알 수 없는 부분을 신의 영역이라고 한다면, 과학은 신만이 알 수 있는 영역을 넘보는 것이기 때문에 곧 이단일 수밖에 없습니다. 중세 시대에는 그런 이유 때문에 실제로 처형당한 과학자도 있었지요. 그래서 서양 종교는 그동안 많은 고민과 변화를 필요로 했던 겁니다.

동양의 종교, 특히 불교는 마음의 중요성을 강조합니다. 신이 중심이 되는 게 아니라 인간 중심, 나아가 모든 존재가 중심이 되는 세계관을 전개합니다.

20세기의 위대한 역사가 중 한 명인 아널드 J. 토인비는 옥스퍼드대학 학술회의에 참석하여 의미심장한 말을 남겼습니다.

"우리 시대 최고의 사건은 히틀러의 대량학살, 공산주의 몰락, 여성 인권의 신장이 아니라 동양의 불교가 서양으로 건너온 일입니다."

당시 학술회의에 참석한 세계의 저명한 역사학자와 언론인 등이 토인비의 말에 할 말을 잃었다고 합니다.

위대한 과학자 알베르트 아인슈타인도 말했습니다.

"앞으로 종교는 우주적 종교가 되어야 한다. 불교를 제외한 다른 종교는 자연세계를 부정해왔다. 미래의 종교는 영적이고 자연세계를 존중해야 한다. 이런 관점에서 볼 때 가장 적합한 종교는 불교다."

토인비와 아인슈타인 외에도 세계의 여러 석학이 불교 철학에 찬사를 보냈습니다.

과거에는 워낙 배고프게 살았기 때문에 물질적 풍요에 매달렸고, 모든 역량을 총동원하여 눈부신 성장을 이루었습니다. 그 결과, 지금 우리는 더 행복해졌을까요?

사회적으로 우울증 환자가 증가하고, 이혼율과 자살률이 높아지고, 스트레스 지수가 높은 지금을 행복한 사회라고 말하기는 힘듭니다. 그러므로 이제는 물질이 아니라 마음에 관심을 가져야 합니다.

부처님께서는 《지세경持世經》에서 말씀하셨습니다.

"마음은 본래부터 생긴 일도, 일어난 일도 없으니 그 본성은 언제나 청정하다. 다만 객진번뇌客塵煩惱로 인해 더럽혀지기 때문에 '있다, 없다'라는 분별심이 생겨나는 것이다."

우리의 마음은 본디 청정한데 탐욕, 성냄, 어리석음으로 인해 분별심이 일어나고 번뇌에 휩싸이는 겁니다. 그러므로 물질보다 중요한 건 마음의 풍요라는 것을 자각해야 합니다.

혼이 담기지 않은 탱화

아주 오래전 일입니다. 계룡산 등운암에 모실 신중탱화를 그릴 작가를 찾던 중 지인의 소개로 동국대학교 미술학과에 다니는 한 여학생이 저를 찾아왔습니다.

그날은 안개가 자욱하고 비도 부슬부슬 내렸지요. 등운암은 계룡산에서도 높고 험준한 지대에 있기 때문에 암자까지 올라오기가 무척 힘들었을 겁니다. 여학생은 법당에 탱화를 그리고 싶다며 얘기를 꺼냈습니다.

"대학 졸업반인데요, 집안이 어려워서 그동안 아르바이트를 하며 학비를 벌었어요. 이번 학기에도 학비 때문에 고민하고 있었는데, 스님께서 탱화 그릴 사람을 찾는다고 하시기에 불쑥 찾아왔어요."

아직 경험이 많지 않은 어린 학생이라 의구심이 들었지요. 하지만 하도 간절하게 부탁하니 어떻게든 도움을 주고 싶어서 탱화를 맡겨보기로 했습니다.

"탱화를 그려주는 대신에 한 가지 부탁이 있어요. 등운암에 와서 백일기도를 하면서 탱화를 그릴 수 있겠어요?"

"졸업논문도 써야 하고, 하던 일도 있어서요. 여기 와서 기도하기는 힘드니 집에서 백일기도를 하며 그리겠습니다."

탱화를 그릴 때는 작가의 혼이 담겨야 한다는 생각에 그런 부탁을 했던 겁니다. 결국 학생의 사정을 감안해 집에서 그려 오는 것으로 얘기를 마무리했습니다.

그 후 학생은 감감무소식이었습니다. 한두 달이 흘렀을까요. 어느 날 학생이 폭 1미터, 높이 1.5미터에 달하는 탱화의 밑그림을 가지고 등운암으로 왔습니다. 그림이 영 만족스럽지 않았지만, 그동안 수고한 것을 생각해 얼마간의 돈을 주면서 이렇게 말했지요.

"밑그림에 색을 입힐 때는 경전을 사경하는 마음으로 정성을 다해야 합니다. 매일 지성껏 기도도 해야 하고요."

"네, 스님. 그렇게 하겠습니다."

학생이 가고 또 서너 달이 흘렀습니다. 어느 날 그녀가 완성한 탱화를 포장해서 등운암을 올라왔습니다. 탱화의 문양과 채색,

진행 과정에 대해 아무런 상의도 없이, 그리고 연락도 없이 혼자 완성한 뒤에 탱화를 모시고 온 겁니다.

속으로 은근히 부아가 났지만 마음에 상처를 줄까 봐 아무 말도 하지 않고 약속한 대로 수고비를 모두 지불하면서 당부했습니다.

"수고했어요. 열심히 공부해 훌륭한 불교미술 작가가 되세요."

학생이 돌아간 뒤 두루마리 형태의 신중탱화를 펼쳐보지도 않고 그대로 모셔두었습니다. 그녀는 나름대로 마음을 다해 탱화를 그렸을지 모르지만, 표정을 봐서는 영 미덥지 않았기 때문입니다. 제가 준 돈으로 무사히 대학을 졸업했다면, 그 또한 부처님의 일이니 그대로 만족했던 거지요. 세월이 흐른 뒤에 그 학생이 이름 있는 작가가 되어 전시회를 연다면 첫 작품인 탱화를 선물로 줘야겠다고 생각했습니다.

그로부터 3년이라는 세월이 흐른 뒤, 그 학생이 결혼을 했다며 등운암을 찾아왔습니다.

"스님, 제가 그린 탱화가 보이지 않네요?"

"아, 내가 두루마리째로 잘 모셔두었어요."

그녀의 표정에 서운함이 가득했습니다.

"그때는 바빠서 탱화를 그리는 동안 기도할 시간이 없었지요?

탱화든 그 어떤 예술이든 작가의 혼이 담겨야 하는데, 그런 정성이 깃들지 않았다는 걸 학생의 얼굴을 보고 알았습니다. 그래서 법당에 탱화를 모시지 않았어요. 그림이 아무리 화려해도 혼이 담기지 않았다면 가치가 없는 것 아니겠어요?"

"스님, 고맙습니다. 그땐 제가 생활이 너무 어려워서 탱화를 그리는 데만 급급했어요."

"괜찮습니다. 그 당시엔 탱화를 그려서 돈을 벌겠다는 욕심이 앞섰던 거지요. 난 학생이 대학을 졸업하고 훌륭한 작가가 될 수 있도록 도움을 주고 싶었어요. 내 마음을 아시겠지요?"

한동안 정적이 흐르고 그녀가 일어났습니다.

"스님, 정말 고맙습니다. 앞으로 열심히 하겠습니다."

그녀는 두 손 모아 인사한 뒤 안개 낀 암자를 내려갔습니다.

우리가 어떤 일을 할 때 최선을 다한다는 표현으로 '혼신의 힘'을 바친다고 하지요. 꼭 예술 작품을 창작하는 일이 아니더라도 그런 마음가짐이면 어떤 일을 하든 인정받을 수 있습니다. 기왕에 하는 일, 기꺼운 마음을 낼 때 과정도 즐겁고 결과도 만족스럽겠지요.

행복은 자신의 그릇을 채우는 것이 아니라
타인의 빈 그릇을 채워주는 데에 있습니다.
진정 행복한 사람은
남을 행복하게 해주는 사람입니다.
당신은 타인의 빈 그릇을 얼마나 채워주었나요?

———

오늘 저녁 얼굴을 보면서 함께 밥을 먹고,
이야기를 나누고, 미소 지을 수 있는
그 사람이 진짜 소중한 사람입니다.
지금 당신 곁에 있는 그 사람이
진짜 소중한 인연입니다.
그 인연을 소중히 여기세요.

지혜를 잃게 하는 가장 큰 장애는 욕심입니다.

욕심에 눈이 멀면 판단력이 흐려지고

일의 본질마저 놓치게 됩니다.

욕심이 앞서면 이익은커녕 손해를 보게 되지요.

그래서 불가에서는 욕망을 가리켜

지혜를 잃게 하는 가장 큰 장애라고 합니다.

성공하고 싶다면 당장 눈앞의 이익보다

멀리 미래를 내다보는 안목을 가지세요.

'생각 멈춤'은 나를 위한 돌아봄의 시간입니다.

내가 지금 무엇을 하고 있는지

내가 원하는 것이 무엇인지

내가 지금 어디로 가고 있는지

한 번쯤 자신을 돌아보세요.

지금 내가 걸어가는 길이 훤히 보일 겁니다.

———

모든 것은 내가 지은 인연의 결과입니다.

모든 것은 내가 지은 업의 결과입니다.

모든 인과 연의 시작이 바로 나입니다.

그러니 자신을 사랑하세요.

자신을 사랑하지 않으면 남도 사랑할 수 없습니다.

모든 재앙은 입에서 비롯된다.

그러므로 함부로 입을 놀리거나

원망하는 말을 해서는 안 된다.

사나운 불길이 집을 태워버리듯, 말을

삼가지 않으면 그것이 몸을 태우고 말 것이다.

입은 몸을 치는 도끼요,

몸을 찌르는 날카로운 칼날이다.

《법구경》

사람을 사랑한다는 건
부처를 사랑하는 것과 같습니다.
부처를 사랑하는데
어찌 부처에게 욕을 하고,
폭력을 사용하고, 상처를 주고,
부처를 미워할 수 있을까요.
내 곁에 있는 가족과
친구, 동료를 부처라고 생각하세요.
그러면 내가 바로 부처가 됩니다.

정업은 난면이라

인도 바라나시국의 태자가 부왕의 미움을 사서 궁에서 쫓겨났습니다. 부인과 단둘이 산속으로 쫓겨난 태자는 어느 날 사냥하러 나갔다가 작은 짐승 한 마리를 잡아서 부인에게 주며 삶으라고 했습니다.

부인은 고기를 삶다가 잠시 물을 길어오려고 집을 나섰습니다. 그사이 태자는 너무나 배가 고픈 나머지 반쯤 익은 고기를 꺼내 혼자서 다 먹어버리고 부인 몫은 하나도 남겨놓지 않았습니다.

물을 길어온 부인은 고기가 없어진 사실을 알고 남편에게 물었습니다. 남편은 짐승이 갑자기 살아나 제 발로 달아났다고 딱잡아뗐습니다. 남편의 진실하지 못한 모습에 질려버린 부인은 그 후 남편과 지내는 날들이 조금도 즐겁지 않았습니다.

세월이 흘러 부왕이 세상을 떠나자 태자는 신하들의 간청으로 왕위에 올랐습니다. 왕이 된 태자는 나라에서 가장 값비싼 보물을 왕비에게 선물하였지만 왕비의 얼굴은 조금도 밝아지지 않았습니다. 왕이 그 이유를 묻자 왕비는 산속에서 지낼 때 자신을 속인 남편에 대한 원망이 가득 차서 그 시절의 서글픈 마음을 씻을 수 없다고 고백했습니다.

이 얘기는 《본생경》에 있는 내용입니다. 그때의 왕은 석가모니 부처님이고, 왕비는 야소다라 공주입니다. 사소한 거짓말로 업을 지은 부처님의 전생 이야기입니다. 부처님께서는 "정업定業은 난면難免"이라고 말씀하셨습니다. 내가 지은 업의 굴레는 피해 갈 수 없다는 뜻입니다. 설령 부처님이라도 자신이 지은 업은 절대 피할 수 없다는 겁니다.

우리는 살아가면서 자신도 모르게 수많은 업을 짓습니다. 길을 가다가 개미나 벌레를 무심코 밟아 죽이는 것도 업입니다. 거짓말을 하거나, 마음속으로 남을 미워하는 것도 모두 업을 짓는 일입니다. 《본생경》에 등장하는 왕과 왕비처럼 부부간에도 큰 업을 짓는 경우가 많습니다.

제가 가끔 젊은 부부들에게 왜 결혼을 했는가 물어보면 대개

"외로워서"라고 대답합니다. 그들은 혼자 살아도 외롭지 않다면 결혼하지 않았을 거라고 말합니다. 정말 그럴까요? 결혼을 하면 자신을 괴롭히던 외로움이 달아날까요? 아닐 겁니다. 부부가 한 몸, 한 생각이 되지 않으면 오히려 더 큰 외로움이 찾아온다는 걸 명심해야 합니다. 사소한 거짓말로 상대를 계속 속이다 보면 어느 순간 서로에게 더 깊은 외로움이 찾아옵니다.

게다가 자식이 생기면 문제는 더 복잡해집니다. 둘이 살 때와는 달리 자식을 위해 열심히 돈을 법니다. 물질에 대한 욕망이 크고 강하다 보니 양심을 속이게 되고, 그렇게 위험천만한 곡예를 이어가다가 수많은 업을 짓게 됩니다.

살면서 업을 짓지 않으려면 어떻게 해야 할까요? 스님들은 집착을 버려야 한다고 말합니다. 그러면 볼멘소리로 스님에게 말하지요.

"스님 법문을 들을 때는 다 쉬운 것 같은데, 막상 돌아가서 실천하려고 하면 안 돼요."

머리로는 아는데 행동이 따라주지 않는 건 바로 업 때문입니다. 업을 다른 말로 고착된 습관이라고 할 수 있는데, 업이라는 게 이렇게 무섭습니다.

어디에도 집착하지 않으면 복덕이 무량하다는 걸 알면서도 사람들은 복 짓기는 싫어하고 자꾸만 엉뚱한 길로 빠집니다. 이 또한 업 때문이지요. 업은 이렇게 끈질겨서 벗어나기 어렵습니다. 행복하려면 자신이 지은 업을 스스로 참회하고 소멸시켜야 합니다. 그것은 하루아침에 할 수 있는 일이 아니니, 업장을 소멸시키는 가장 좋은 방법은 꾸준한 기도입니다.

사랑의 느낌으로 살다

남자가 여자를, 여자가 남자를 사랑한다는 건 인간의 원초적 본능입니다. 출가 수행자인 제가 부처님을 사랑하는 것, 이웃 종교의 신도가 예수님을 사랑하는 것, 아버지가 가족을 사랑하는 것 등 사랑에도 여러 종류가 있지요.

종교적 측면에서 보면 하나의 대상을 사랑하는 게 아니라 우주 전체를 사랑하는 것이라 할 수 있는데, 불교에서 사랑은 바로 자비심입니다. 자비심이란 어머니가 아무 조건 없이 자식을 사랑하는 마음과 같습니다. 어떤 대가를 바라지 않고 남을 도우려는 마음이 자비심이고, 그 출발은 자기 자신을 사랑하는 겁니다.

부처님께서도 행복하려면 먼저 자기 자신을 사랑해야 한다고 말씀하신 적이 있습니다. 자기를 사랑하지 않는 사람은 남을 사랑할 수 없습니다. 그러므로 사랑한다는 말은 나와 더불어 누군가를 사랑한다는 뜻입니다. 사랑의 느낌을 가지고 있다는 건 이 세상에 내가 새롭게 태어나는 겁니다.

길을 가다 어떤 대상을 보면 사람들마다 다양한 감정을 느낍니다. 예를 들어, 술을 마시고 싸우는 사람들을 볼 때 어떤 사람들은 속으로 '미친놈'이라 비난합니다. 어떤 이들은 측은하게 보고, 또 어떤 이들은 내 일이 아니니 상관없다며 아무 생각 없이 지나치기도 합니다.

부처님께서는 "나의 제자라면 마땅히 울고 웃는 마음 앞에 가만히 눈매를 안으로 드리워라"라고 하셨습니다. 이 말은 그런 사람일수록 더욱 사랑하라는 뜻입니다. 세상의 슬픔과 기쁨을 바라보는 눈을 가져야 합니다. 깊이 이해하고 배려하라는 뜻인데, 이러한 마음이 바로 자비심입니다.

대승 경전인 《법화경》의 〈안락행품安樂行品〉에 이런 구절이 있습니다. "사람의 몸과 마음이 평안하고 즐거우려면 마땅히 몸을 잘 다스리고, 입을 잘 다스리고, 마음을 잘 다스려야만 한다." 이를 가리켜 '신구의身口意 안락행'이라고 합니다. 신구의를 함부로 쓰면 곧 업이 된다는 말이기도 합니다.

자비는 자기 자신에 대한 '궁극의 사랑'이라고 할 수 있습니다.

사랑이라는 것도 궁극적으로 자기를 사랑하는 마음이 전제가 되어야 하며, 자기를 사랑하지 않는 사람은 이 세상 누구도 사랑할 수 없습니다.

남에게 사랑을 받으려면 먼저 자신을 사랑하세요. 우리는 죽는 날까지 나를 사랑하는 법을 끊임없이 배워야 합니다. 나를 사랑하는 것이 곧 우주를 사랑하는 거니까요.

온돌 같은 사람으로

산사의 겨울나기는 결코 만만치 않습니다. 입동, 소설, 대설, 동지, 소한, 대한을 차례로 맞이하며 도시보다 더 길고 추운 겨울을 보냅니다.

요즘에는 승복이 아웃도어웨어를 방불케 할 만큼 두툼한 데다가 실내의 난방도 잘돼 겨울을 나기가 예전보다 한결 수월한 편입니다. 옛 선사들은 홑옷 차림으로 한겨울 산속에서 어찌 겨울을 났는지 상상만 해도 아찔합니다.

편리한 난방시설 덕분에 도시에서는 겨울이 와도 온 줄을 모르고 집안에서 반팔 차림으로 생활하는 사람도 있다고 하지요. 하지만 우리 곁에는 배고프고 추운 겨울을 보내는 이웃이 여전히 많습니다. 특히 가난한 사람에게 겨울은 가혹한 시련의 계절입니다.

어린 시절을 생각해보면 그때는 다들 참 가난하게 살았습니다. 달동네 골목에 버려진 연탄, 아침이면 공동화장실 앞에 길게 줄을 선 사람들, 그때 그 시절을 떠올리면 요즘은 그야말로 별천지입니다. 그땐 아이들 군것질거리라곤 건빵과 눈깔사탕이 전부였지요. 아이들은 들판으로 나가 연을 날리거나 얼음을 지치면서 배고픔을 잊기도 했습니다. 돌아보면 그 시절의 추억이 도전 정신과 강인함을 심어주지 않았나 하는 생각이 듭니다.

그 시절에 비하면 지금은 비교도 할 수 없을 만큼 풍요로운데, 사람들은 왜 힘들다고 아우성치는 걸까요? 그때보다 박탈감을 더욱 크게 느끼는 것은 도대체 무슨 이유일까요? 남과 나를 비교하고 분별하는 마음이 박탈감을 불러오는 것은 아닐까요? 또한 타인에 대한 배려심이 부족하기 때문은 아닐까요?

누구나 마음속에 온돌을 품고 살아가면 이 세상이 얼마나 아름다울까 하는 생각을 해봅니다. 힘들고 어려운 사람을 가슴으로 훈훈하게 덥혀줄 수 있는 그런 온돌 말입니다. 어쩌면 겨울은 힘들고 지친 사람들을 한 번 더 돌아보라고 만든 자연의 배려인지도 모릅니다.

부처님께서는 "온몸으로 타인을 사랑하는 것보다 가슴으로 사랑하는 것이 진정한 사랑"이라고 했으며, 마더 테레사 수녀는 "사랑은 행동으로 이어져야 하고, 그 행동이 바로 봉사"라고 했습니다.

종교의 궁극적 이념은 자비이고 사랑입니다. 타인에 대한 연민을 마음속에만 품지 않고 실천에 옮겨야 진정한 사랑입니다.

사랑의 느낌으로 살다

스님과 외제차

사람은 누구든지 그만이 지닌 품격이 있습니다. 품격이란 사람의 바탕과 타고난 성품을 일컫는 말이지요. 불교에서는 본성本性 또는 자성自性이라고도 합니다.

사람의 품격을 결정하는 것은 무엇일까요? 대개 겉모습만 봐도 그 사람의 인격이나 지식, 재산, 성격 등이 어느 정도 파악된다고 합니다.

가끔 신도들이 하는 말을 본의 아니게 엿들을 때가 있습니다.

"그 여자의 남편이 무슨 기업 대표래. 명품 가방에 명품 옷을 걸치고 다니는 것을 보면 대단해."

어떤 신도는 기사 딸린 외제차를 타고 절에 옵니다. 그렇다고 그분의 품격이 덩달아 높아질까요? 그럴 수도 있겠지만 중요한 건 내면의 성품이 아닐까요?

절에 기도하러 올 때도 화려하게 치장하고 기사 딸린 외제차를 타고 온다면 어떨까요? 품격은 그 장소에 맞는 행동과 모습을 할 때 드러납니다.

아무리 부자라도 태생은 속이지 못한다는 말이 있습니다. 어른으로 성장하는 동안 형성된 생활습관이나 행동이 몸에 배어 쉽게 바꾸지 못한다는 말이지요. 이와 같이 사람의 품격은 일시적으로 형성되는 것이 아니라 오랜 시간 자연스럽게 몸에 밴 습관의 표출입니다.

사람의 품격은 해야 할 일과 하지 않아야 할 일이 있을 때, 나서야 할 때와 물러서야 할 때, 그가 어떻게 행동하는지 보면 쉽게 드러납니다.

제가 잘 아는 스님에게서 전해들은 이야기를 들려드리겠습니다. 경기도 어느 사찰에 계신 주지 스님의 이야기입니다.

어느 날 한 젊은이가 외제차를 몰고 사찰로 들어왔습니다. 그는 자동차 딜러라고 자신을 소개하며 주지 스님에게 자동차 키를 건넸습니다. 어떤 분이 스님에게 자동차를 갖다 드리라고 해서 직접 몰고 왔다는 겁니다.

"그래요? 차가 멋집니다. 자동차 키 이리 주세요."

주지 스님은 직접 차를 몰고 딜러와 함께 절 주위를 한 바퀴 돌았습니다. 그러고 난 뒤 키를 다시 자동차 딜러에게 주면서 말했습니다.

"외제차 성능이 참 좋습니다. 덕분에 유람 한번 잘 했습니다. 가서 선물하신 분께 키를 돌려드리고 이렇게 전하세요. 그 마음이 고마워서 한번 몰아봤는데 정말 좋습니다. 차를 받으면 내가 기도도 하지 않고 전국을 유람할 것 같아서 돌려드린다고 말씀하세요."

자동차 딜러는 당황한 표정으로 돌아갔다고 합니다.

이 일화는 스님의 품격을 보여줍니다. 자신의 본분을 잊지 않고 정중히 거절한 스님에게 박수를 보내고 싶습니다.

이와 같이 품격은 학벌이나 명예, 지식 같은 데에 있지 않고 말과 행동으로 드러납니다. 만약 그 스님이 자동차 키를 덥석 받았다면, 나중에 돌이킬 수 없는 선택이 될 수도 있습니다. 그렇다고 화를 내며 차를 돌려보냈다면, 선물한 사람의 기분이 몹시 상했겠지요. 사람의 품격이란 바로 이런 것이 아닐까요?

부처님께서는 제자들에게 부드러운 미소와 사랑스러운 말, 즉 '화안애어和顔愛語'를 강조하셨습니다. 우리가 남에게 대접할 수 있는 것 가운데 가장 큰 것이 '말 대접'입니다.

"고맙습니다. 좋습니다. 행복합니다."

웃는 얼굴로 이 세 마디만 잘해도 남에게 좋은 인상을 줄 수 있습니다. 상대에게 진심 어린 대우를 받으려면, 상대의 인격을 존중하고 부드러운 말을 하세요. 이러한 태도에서 사람의 품격이 드러납니다.

중생이 아프니 보살이 아프다

석가모니 부처님 당시에 유마라는 거사가 있었습니다. 그는 붓다와의 끊임없는 논쟁을 통해 불교를 한 차원 높은 경지로 끌어올린 인물입니다.

사실 그는 저잣거리의 일개 장사꾼에 불과했습니다. 틈만 나면 술집과 노름판을 들락거리면서 희희낙락하다가 말년에 부처님의 설법을 듣고 자신의 삶에 대해 깊은 회의를 품었지요. 그는 부처님의 제자들과 치열한 논쟁을 하면서 대승불교의 묘리인 공空의 진리 속으로 들어가고자 했습니다. 부처님의 상수 제자인 지혜 제일 사리불도 그의 논쟁 상대가 될 수 없었지요.

유마 거사가 부처님의 제자들과 논쟁을 벌인 이유는 배고프고 힘든 사람들을 위해 진짜 지도자가 해야 할 일이 무엇인가를 깨우쳐주기 위함이었습니다. 당시 그는 배고픈 자에게 먼저 물과 빵을 건네주는 현실적인 지도자가 되고 싶어 했으며, 불법의 세계로 들어가서 자비심과 보살심을 얻기 위해 치열하게 노력했습니다.

유마 거사의 지론은 "중생이 아프니 보살이 아프다"라는 것입니다. 이것을 두고 학자들 사이에 의견이 분분하지만, 사실 매우 단순한 가르침입니다. 만약 중생이 아픈데 보살이 아프지 않다면, 부처님의 자비심과 배치된다고 할 수 있습니다. 자비심의 화신인 보살은 중생의 아픔을 살펴야만 합니다. 이를 볼 때 유마가 대단한 자비심의 소유자임을 알 수 있습니다.

유마의 사상과 관련하여 많은 학자들이 공과 반야의 세계를 이야기하지만, 핵심은 중생을 더 깊이 생각하라는 것입니다. 이 점에서 우리는 유마를 사랑하지 않을 수 없습니다.

유마의 정신은 특히 이 시대의 정치인들이 유념해야 합니다. 자신의 안위와 영달을 챙길 것이 아니라 '국민이 아프니 정치인이 아프다'라는 마음으로 정치를 해야 한다는 말입니다. 국민의 마음을 살피는 일이 정치이기 때문입니다.

이 외에도 유마의 설법은 당시 부처님의 제자들에게 큰 충격을 주었습니다. 그 한 예가 '겨자씨' 이야기인데, 이 설법은《유마경》에도 자세히 나옵니다.

유마가 부처님의 십대 제자 중 한 사람에게 말했습니다.

"수미산이 겨자씨 안에 들어 있다. 그대는 아는가?"

"터무니없는 소리입니다."

겨자씨는 티끌 같은 작은 물질을 상징합니다. 그 안에 수미산이 들어 있다니, 누가 들어도 황당한 말입니다.

중국 당나라 때 이발이라는 사람이 살았습니다. 그는 책을 만 권이나 읽었다고 해 사람들로부터 '이만권'이라는 별명을 얻기도 했습니다. 어느 날 이발이 한 스님을 찾아가서 이렇게 물었습니다.

"유마 거사가 말하기를, 겨자씨 안에 수미산이 있다 했습니다. 그 작은 씨앗 속에 어찌 거대한 산이 들어갈 수 있습니까?"

스님이 그에게 답했습니다.

"이발 자네는 평소에 책을 많이 읽어서 이만권이라고 하지 않는가. 그대의 그 작은 머릿속에 어찌 그 많은 책의 내용이 다 들어 있는가?"

이발은 그제야 고개를 끄덕였다고 합니다.

현대 과학을 보면 유마가 주장한 '겨자씨 안의 수미산'이 결코 과장된 말이 아님을 알 수 있습니다. 컴퓨터의 하드디스크 속에 엄청난 정보가 담겨 있는 것과 같은 이치입니다.

출가 수행자가 아니어도 불교계에 위대한 발자취를 남긴 유마 거사처럼, 이 시대에도 곳곳에서 훌륭한 재가자가 출현하기를 기대해봅니다.

욕망은 어떻게 인간을 길들이는가?

'직업에는 귀천이 없다'라는 말이 있습니다. 청소부에서부터 대통령까지 각자 자신이 해야 할 본분이 있다는 뜻입니다. 이 세상에 중요하지 않은 일은 하나도 없습니다. 남들 보기에 하찮은 직업으로 보일 수는 있어도 중요한 것은 개인의 만족도입니다.

이쯤에서 성직자라는 저의 직업에 대해 생각해보고자 합니다. 스님, 신부, 목사 등의 성직자도 직업일까요? 부처님의 가르침을 전하는 스님도 어찌 보면 직업이라 할 수 있지요. 왜냐하면 스님은 중생 제도를 목표로 수행하면서 신도들로부터 보시를 받기 때문에 틀린 말은 아니라는 생각이 듭니다. 얼마 전 국회에서 종교인에 대한 과세를 시행하는 법이 통과되었습니다. 이것은 종교인도 하나의 직업군으로 본다는 뜻이지요.

그런데 요즘 성직자들의 모습을 보면 본분을 망각하고 직무 유기를 하고 있다는 생각이 듭니다. 사리사욕에 눈이 멀어 부정한 돈을 쌓아두거나, 성직자로서 상상하기 힘든 악업을 짓고 뉴스에 등장하기도 합니다. 옛 선사들은 돈에 대해 특히 경계하며 "시줏돈을 함부로 쓰면 지옥에 떨어진다"라고 했습니다.

일반적으로 불교와 천주교 성직자들은 결혼을 하지 않습니다. 왜 그럴까요? 결혼을 하면 처자식을 먹여 살려야 하는데, 그러다 보면 수행보다 욕심이 앞서 성직자의 본분을 망각할 수 있기 때문입니다. 세상 사람들의 마음을 밝히는 올바른 성직자가 되기 위해서는 욕심으로부터 벗어나야 합니다.

인간의 욕심에 관한 재미있는 이야기를 들려드리겠습니다.

옛날 한 수행자가 있었습니다. 그에게는 집도 없었으며, 심지어 밥그릇 하나 가진 게 없었습니다. 그는 오직 홀로 수행하는 즐거움으로 살았습니다.

어느 날, 그가 살고 있는 동굴에 친구가 찾아와서 《바가바드기타》라는 힌두교 경전을 놓고 갔습니다. 그 책은 인도인들이 오랫동안 곁에 두고 암송할 정도로 소중히 여기는 성전이었습니다. 그는 이 책을 무엇보다 소중하게 다루었습니다.

어느 날, 그가 밖에 나갔다 돌아오니 책의 한 귀퉁이가 찢어져 있는 것이 아닙니까. 쥐가 책을 갉아먹었던 거지요. 그는 책을 훼손한 쥐를 잡으려고 고양이를 한 마리 구했습니다. 하지만 당장 고양이에게 먹일 우유가 필요했습니다. 고민 끝에 마을에서 암소를 구해다 길렀습니다. 그런데 혼자서는 소를 기르기 힘들어 결국 한 여자와 결혼을 했습니다. 그는 여자와 함께 동굴에서 사는 것이 힘들어 집을 지었고, 얼마 후 둘 사이에 아기가 생겼습니다. 그는 아기와 여자를 먹여 살리기 위해 결국 수행자의 길을 포기할 수밖에 없었습니다.

이 이야기는 인간이 어떻게 욕망에 길들여지는지, 또 욕망의 근원이 무엇인지를 잘 보여줍니다. 일체중생을 제도하기 위해 출가한 수행자라면, 마땅히 자신의 본분에 최선을 다해야 합니다. 그러지 못하고 욕망의 노예가 되어간다면 성직자로서 엄연한 직무유기가 아닐까요?

사람이 할 수 있는 가장 위대한 일

어떤 절의 법당에서 어이없는 일이 벌어졌습니다. 지장재일에 많은 신도가 재를 지내던 중이었습니다. 부처님께 올리는 마지(공양밥그릇) 옆에 어떤 신도가 올린 영가靈駕의 마지가 있었지요. 그것을 본 다른 신도가 그 영가와 마지를 아무 말도 없이 들고 나와서는 쓰레기통에 버렸습니다. 그 순간 법당 안은 난장판이 되고 말았습니다. 영가 제사를 올린 제주가 달려와서 그 신도와 한판 싸움이 붙은 겁니다.

"우리 어머니 영가와 마지를 당신이 버렸어?"

"오늘은 개인의 제삿날이 아니라 지장재일이에요. 여기에 모인 다른 신도들이 안 보여요?"

"왜 안 돼? 오늘이 어머니 기일이라 절에 보시하고 요청한 일이야. 당신이 뭔데 우리 어머니 영가와 마지를 쓰레기통에 처넣어? 그게 다 지옥에 떨어질 업을 쌓는 일이야."

급기야 법당 안에서 고성과 욕설이 오고 가기 시작했습니다. 두 사람의 모습을 본 신도들은 의견이 반반으로 갈렸습니다. 지장재일에 개인의 제사를 동시에 올리는 건 잘못이라는 의견과, 아무리 그렇다고 하더라도 영가와 마지를 쓰레기통에 버린 행위는 정말 용서하지 못할 일이라는 의견이었습니다. 두 사람의 싸움은 신도들 간의 싸움으로 확대되었습니다.

화살은 다시 종무실로 날아갔습니다. 모든 신도가 참석하는 지장재일 법회에 마지가 두 그릇인 것과 개인의 영가를 올린 건 전적으로 종무실의 잘못이라고 말입니다. 사실, 개인 제사는 지장재일 법회가 끝난 뒤에 올리는 것이 법도입니다. 따지고 보면 이 말도 맞고, 저 말도 맞습니다.

지장재일 법회를 마치고 주지 스님이 원인을 제공한 신도와 영가를 올린 신도, 그리고 종무소 사무장을 조용히 다실로 불렀습니다. 그리고 영가와 마지를 버린 보살에게 물었습니다.

"부처님을 공경하시는 분이 어째서 다른 사람이 올린 영가와 마지를 아무런 상의도 없이 쓰레기통에 버렸습니까?"

"스님, 죄송합니다. 지장재일은 우리 신도들의 법회를 하는 날인데 개인 제사가 끼어들어서……."

"그런 일이 있으면 조용히 종무실이나 스님에게 먼저 상의를 하셔야지요. 어머니 기일에 제사를 올리는 신도님 마음은 어떻 겠습니까? 오늘 일에 대해서 한 달 동안 집에서 참회기도를 하세요."

스님은 일을 조용히 처리하지 못한 종무실 직원에게도 책임을 물었고, 사건은 이것으로 일단락되었습니다. 누구의 잘잘못을 떠나 부처님이 계신 법당에서 소리를 지르며 다툰 것은 서로 간에 배려가 부족했기 때문입니다.

러시아의 대문호 톨스토이는 이런 말을 남겼습니다.

"당신에게 잘못을 저지른 사람이 있다면, 그가 누구든 그것을 잊어버리고 용서하라. 당신은 용서하는 행복을 알 것이다. 우리에게는 남을 책망할 수 있는 권리가 없다."

누구라도 자신에게 손해를 입힌 사람을 용서하기란 힘든 일입니다. 살인이나 강도 같은 악행을 저지른 사람이라면 말할 것도 없습니다. 그러나 자신의 행복을 위해서도 용서는 아주 중요합니다. 남을 용서하는 건 곧 나를 위하는 길입니다.

어떤 철학자는 "사람이 할 수 있는 가장 위대한 일이 용서다" 라고 했습니다. 부처님께서도 "원한을 품는 것은 다른 사람에게 던지려고 뜨거운 석탄을 손에 쥐고 있는 것과 마찬가지다. 화상을 입는 것은 결국 자기 자신이다"라고 말씀하셨습니다.

타인에게 적개심과 악감정을 가지고 있으면 상처를 입는 것은 바로 자신임을 알아야 합니다. 그러므로 용서는 타인을 향한 분노로부터 내가 자유로워지는 일입니다. 도저히 용서하기 힘든 누군가가 있다면, 지금 당장 당신을 위해서 그를 용서하고 그로부터 자유로워지기를 바랍니다.

누군가에게 집착하면 그 사람의 나쁜 점,
좋은 점을 제대로 볼 수가 없습니다.
상대에 대한 집착에서 벗어나야 그 사람을
제대로 보고 이해할 수 있습니다.

———

바람이 불면 부는 대로, 비가 오면 오는 대로
쓸쓸하면 쓸쓸한 대로, 외로우면 외로운 대로
지금 있는 그 자리에서 풀어버리세요.
나에게 주어진 현실을,
나에게 주어진 것들을,
부정하지 말고 그대로 받아들인 뒤에
하나씩 하나씩 극복하는 게 바로 인생입니다.

누구나 한 번쯤

자신의 삶으로부터 일탈을 꿈꿉니다.

인적 드문 곳으로 홀쩍 여행을 떠나거나

산중 암자에서 홀로 바람과 꽃을

벗 삼아 지내보는 것도 좋습니다.

혼자가 되어보지 못한 사람은

외로움을 견디지 못합니다.

외로움은 때로

우리를 성장시키는 원동력입니다.

인생은 밤하늘에 떠 있는 달과 같습니다.

보름달처럼 환할 때도 있고

초승달처럼 작지만 아름다울 때도 있고

그믐처럼 앞이 캄캄할 때도 있습니다.

인생도 달처럼 차면 기울고,

기울었다가 또다시 차오릅니다.

지금 당장 힘들다고 주저앉지 마세요.

때가 되면 모든 것은 제자리로 돌아옵니다.

자연의 섭리를 거스를 수 없듯이,

사람도 태어났으니 반드시 떠날 때가 옵니다.

그때가 언제일까요?

내일일까요, 내년일까요?

아니면 30년 후일까요?

아무도 그때를 모릅니다.

'내일이 먼저 올지, 내생이 먼저 올지

아무도 모른다'라는 티베트 속담이 있습니다.

언제가 될지 모를 그날을 위해

마음속에 행복의 유언장 하나쯤 남겨두세요.

그게 바로 나를 위한 기도입니다.

나는 내 인생의 주인공입니다.
남이 내가 될 수 없는데도
타인에게서 나를 찾으려고 합니다.
부처는 내 안에 있습니다.
내가 내 인생의 주인공이 될 때
비로소 부처가 될 수 있습니다.

그대에게 가는 오직 한길

2018년 9월 5일 초판 1쇄 발행
지은이 · 제민

펴낸이 · 김상현, 최세현
편집인 · 정법안 | 책임편집 · 손현미 | 디자인 · 김애숙

마케팅 · 김명래, 권금숙, 심규완, 양봉호, 임지윤, 최의범, 조히라
경영지원 · 김현우, 강신우 | 해외기획 · 우정민
펴낸곳 · 마음서재 | 출판신고 · 2006년 9월 25일 제406-2006-000210호
주소 · 경기도 파주시 회동길 174 파주출판도시
전화 · 031-960-4800 | 팩스 · 031-960-4806 | 이메일 · info@smpk.kr

ⓒ 제민(저작권자와 맺은 특약에 따라 검인을 생략합니다)
ISBN 978-89-6570-684-7 (03810)

쌤앤파커스(Sam&Parkers)는 독자 여러분의 책에 관한 아이디어와 원고 투고를 설레는 마음으로 기다리고
있습니다. 책으로 엮기를 원하는 아이디어가 있으신 분은 이메일 book@smpk.kr로 간단한 개요와 취지,
연락처 등을 보내주세요. 머뭇거리지 말고 문을 두드리세요. 길이 열립니다.